LA MARÉCHALE D'AUBEMER

Nouvelle du XVIIIe siècle

Éléonore-Adèle d'Osmond
Comtesse de Boigne

LA MARÉCHALE D'AUBEMER
Nouvelle du XVIIIe siècle

Édition établie et présentée par Patrice Salsa

Éditeur : BoD-Books on Demand,
12/14 rond point des Champs Élysées,
75008 Paris, France

ISBN : 978-2-810-62274-0

Illustration de couverture
George Stubbs, *The Melbourne and Milbanke Families*,
1769-1770, huile sur toile, National Gallery, Londres.

Imprimé par Books on Demand GmbH, Norderstedt, Allemagne
ISBN : 9782810622740
Dépôt légal : mars 2017

Table des matières

Notes sur la présente édition

Cette édition a été établie à partir de celle de 1890 chez Calmann Lévy, éditeur à Paris au 3, rue Auber & 15, boulevard des Italiens.

L'édition moderne d'un texte imprimé en 1890 ne demande que peu d'intervention, les règles orthographiques et syntaxiques n'ayant pas évolué de façon significative. On s'est borné à renoncer à la convention qui voulait que l'on unisse par un tiret l'adverbe *très* à l'adjectif ou l'adverbe qu'il précédait, comme dans :

[... ceux à qui j'ai dit, très-véridiquement, l'impossibilité ...]
[... l'amant très-affiché de la princesse ...]
[oui, très-libre assurément.]

Si la variante *remercîment* est toujours admise, la graphie moderne, *remerciement*, a été préférée.

Après mûres réflexions, il a également été décidé de ne pas toucher à la ponctuation d'origine, même si elle paraît aujourd'hui peu orthodoxe. L'usage *ad libitum* des points de suspension, notamment après les points d'interrogation et d'exclamation dans les dialogues, dénote clairement une intention expressive, qui probablement aurait été perdue en n'en retenant qu'une partie, et sur la base de quel critère encore, si ce n'est l'arbitraire d'une lecture parmi d'autres. En bonne logique, on a aussi conservé la minuscule à l'initiale derrière ces points d'expression, alors que les règles typographiques modernes imposent la majuscule ; d'ailleurs, le texte original recourt parfois à cette dernière, ce qui illustre bien le désir initial de différencier des ruptures fortes ou faibles dans la trame discursive.

Un autre usage, aujourd'hui proscrit, a été conservé pour sa valeur propre, c'est celui des tirets longs — à valeur de parenthèses qui introduisent et concluent une incise, placés après un point pour l'ouvrant et avant un autre pour le fermant.

[... la fête s'anima. — Après avoir dit très sincèrement à la duchesse de Montford qui se retirait vers minuit : « Vous êtes bien heureuse de vous en aller, je voudrais pouvoir en faire autant, » la maréchale n'épargna aucun soin pour prolonger son bal. — Le bruit, habilement répandu, répandu, d'un *déjeuner à la polonaise* devant être servi à six heures retint beaucoup de monde ; ...]

La valeur d'incise paraît d'ailleurs parfois bien ténue, et on a plus affaire à une manière de rupture, mais plus faible que celle qu'introduirait un alinéa.

[... emporta le duc devenu maréchal d'Aubemer. — Longtemps la maréchale fut abîmée dans ses regrets ; toutefois elle ne chercha pas de consolation auprès de sa sœur et s'attacha au jeune chevalier d'Aubemer dont nous lui avons déjà entendu parler. — Le temps ayant émoussé sa douleur, ...]

Bien entendu, tous les italiques ont été conservés ; ils indiquent parfois une intonation ou peuvent être un marqueur d'ironie, mais plus classiquement ils signalent un mot ou une expression qui est perçue – à l'époque – comme nouveau ou d'origine étrangère dont l'emploi n'est donc pas encore complètement admis.

Le dictionnaire de référence principal utilisé dans les notes est le *Trésor de la langue française informatisé* (abrégé en *TLFi*), accessible en ligne : http://atilf.atilf.fr

Le *TLFi* est la version électronique, telle quelle, du *Trésor de la langue française*, dictionnaire de la langue française des XIXe et XXe siècles, imprimé en seize volumes parus entre 1971 et 1994. Les deux ont été créés par l'ATILF (Analyse et traitement informatique de la langue française - 2001), une unité mixte de recherche associée au CNRS et à l'université Nancy II, anciennement CRTLF (Centre de recherche pour un Trésor de la langue française - 1960), puis INALF (Institut national de la langue française - 1977).

Les ressources en ligne du CNRTL (Centre national de ressources textuelles et lexicales) ont également été consultées : http://www.cnrtl.fr/portail

INTRODUCTION

La vie d'Adélaïde Charlotte Louise Éléonore – dite Adèle d'Osmond –, par son mariage comtesse de Boigne, est suffisamment connue, ou tout du moins documentée,[1] pour que cette introduction s'épargne le soin, et sans doute l'inanité, de vouloir en faire la présentation. Née à Versailles le 19 février 1781 et morte à Paris le 10 mai 1866, elle épousa à dix-sept ans – durant l'émigration à Londres, le 11 juin 1798 – Benoît de Boigne (1751-1830), de trente ans son aîné, donc. Ils n'eurent pas d'enfant. D'un commun accord, les époux ne tardèrent pas à se séparer et M. de Boigne retourna vivre en Savoie en 1802.

Fameuse par ses *Mémoires*, publiés de façon posthume en 1907-1908 dans une version expurgée[2] – ce qui n'empêcha pas Marcel Proust d'en être un grand admirateur –, il est moins connu qu'elle rédigea également deux romans, disponibles auprès des libraires quelques mois seulement après sa mort ; dès 1866 pour *La Maréchale*

---

1 Françoise Wagener, *La comtesse de Boigne*, Flammarion, Paris, 1997.
2 Le texte intégral ne fut publié qu'en 1921-1923, chez Émile-Paul Frères.

d'Aubemer, objet de la présente édition, et en 1867 pour *Une passion dans le grand monde*, tous deux chez l'éditeur Michel Lévy Frères. Si on sait que ses *Mémoires*, donc la rédaction commence en 1935, à partir de notes antérieures, sont achevés dans leur version corrigée en 1845 – ils sont mentionnés dans des dispositions que leur auteur prend à cette période – la date de rédaction des romans est plus incertaine. Ils sont néanmoins cités dans une première version de son testament enregistrée en 1856.

La comtesse de Boigne n'a pas souhaité publier de son vivant. Si pour les Mémoires, elle note avec lucidité « *qu'ils pourraient être intéressants pour [ses] contemporains mais qu'ils sont trop sincères pour être connus de longtemps* », les raisons qui la poussent à retenir la publication de ses romans sont moins évidentes. Il y a d'abord certainement, ancrée en elle, l'idée qu'il s'agirait, pour une femme de son rang, d'une faute de goût, d'un écart de comportement que de vouloir agir en professionnelle de l'écriture là où sa condition ne tolère qu'un amateurisme distingué. Il y a peut-être aussi le sentiment que son travail est perfectible – elle l'évoque dans une correspondance[1] à propos d'*Une passion dans le grand monde* –, mais se déclare « *bien trop paresseuse* » pour « *remanier son début* » ou « *supprimer quelques personnages* ». Elle se décide néanmoins, en janvier 1866, à faire imprimer de façon privée ce qu'elle nomme elle-même « *cet amusement* », en stipulant que l'édition « ficelée et cachetée » ne pourra être ouverte qu'après sa mort ; elle en fait

---

[1] Au chancelier Pasquier, qui partagea son intimé après son veuvage. Il s'enthousiasma pour ses *Mémoires*, mais s'enticha aussi pour *Une passion dans le grand monde*, et en parlera autour de lui, au grand dam, du moins l'affirme-t-elle, de la comtesse.

cadeau à Mme Lenormant,[1] ainsi que la propriété – on dirait aujourd'hui les droits d'auteur – des deux ouvrages, laquelle s'empressera de les faire paraître.

La *Revue des Deux Mondes*, dans son tome 71 en octobre 1867 consacre, sous la plume de François Guizot,[2] un assez long article à la comtesse de Boigne, sous forme d'une évocation de sa vie et d'une présentation critique de ses romans. L'intégralité de cet article est disponible en fin de volume, et il y a peu à ajouter sur l'analyse faite au sujet de l'assimilation de la vie et de la situation de la comtesse et deux personnages de ses romans, Mme Romignère dans *Une passion dans le grand monde*, et Émilie d'Élancourt, future maréchale d'Aubemer, allant jusqu'à signaler ce passage du roman qui évoque sans fard ou presque les débuts dans la vie d'adulte de la jeune mademoiselle d'Osmond s'unissant au général de Boigne :

> « Le public en général blâma ce mariage ; on trouvait que mademoiselle d'Élancourt, fille de qualité, alliée aux premières maisons de France, possédant trente mille livres de rente et une beauté fort remarquable, ne devait pas épouser un homme de quarante-cinq ans dont la seule distinction se bornait à une très grande fortune ; on aurait pu y ajouter beaucoup de bon sens et un heureux caractère, mais ce sont de ces avantages dont on tient peu état dans le monde, et le

---

1 Amélie Cyvoct (1803-1893), devenue madame Charles Lenormant en 1826, nièce de Mme Récamier – qui l'adopta – fut une intime et une confidente de la comtesse de Boigne.

2 François Pierre Guillaume Guizot, historien, homme politique et académicien français (1787-1874). Il a connu personnellement la comtesse de Boigne, dont il a fréquenté le salon.

bruit courait que M. Duparc avait vendu la jeune et charmante Émilie d'Élancourt à beaux deniers comptants. »

Une lecture contemporaine permet cependant, à la lueur d'un élément de la biographie de la comtesse, d'ajouter une autre facette à la projection et à l'identification de l'auteur à son personnage dans *La maréchale*. On sait que la comtesse de Boigne n'a pas eu d'enfant, et qu'elle le regrettait secrètement. Dans le roman, la maréchale est également sans enfant :

> « Madame Dermonville avait atteint l'âge de trente-cinq ans, quand la mort de M. Dermonville la laissa maîtresse de son sort et d'une immense fortune qu'il lui légua tout entière. Aussitôt que les convenances le permirent, elle épousa le duc d'Aubemer. Cette union, fondée sur l'affection, la confiance et l'estime réciproque, aurait été parfaitement heureuse si la privation d'enfants n'y avait apporté quelque regret ».

Elle se prend d'affection pour sa nièce et assure, à la fin, sa fortune, et son bonheur. La mère de cette dernière la remercie d'une façon pour le moins ambiguë :

> « Caroline pressa sa sœur sur son cœur :
> "Je suis encore plus généreuse que toi, mon Émilie, car je ne t'envie pas ce que tu fais pour elle." »

Et voici ce qu'écrit l'auteur :

> « Madame d'Aubemer tressaillit légèrement… Une autre avait donc plus de droit qu'elle à se réjouir de ce bonheur qu'elle venait d'assurer ?… Arrêtons-nous là : peut-être trouverions-nous dans ces paroles de Caroline un nouveau germe de désenchantement pour la maréchale ; il y a de certaines tristesses inhérentes à certaines situations qui se peuvent pallier, mais ne se détruisent jamais. »

Plus tôt dans l'histoire, après la mort du duc d'Aubemer, la maréchale a reporté son affection sur un jeune parent de son défunt mari, mais il meurt lui aussi, précocement, et elle en éprouve un « *chagrin très vif* » :

> « — On ne se donne pas à volonté des intérêts factices : j'ai essayé, rien ne m'a réussi. Je m'étais attachée à ce pauvre chevalier d'Aubemer, je faisais des romans sur lui, je voulais l'adopter, le marier, et vous savez comment le loyal garçon a péri… Ç'a été ma dernière illusion… et ma dernière espérance !… »

La comtesse de Boigne a vécu néanmoins une maternité par procuration en élevant personnellement, avec soin, attention et une grande affection, une enfant nommée Micheline recueillie en 1923. « *Née du côté de l'antichambre et non du côté du salon* »[1], cette fille d'adoption, intelligente et douée, meurt de façon tragique, voire affreuse – les détails ne sont pas connus – à quatorze ans, en avril 1935. L'affliction de la comtesse de Boigne est immense, des lettres en témoignent, et c'est même cet événement qui sera l'origine des *Mémoires*, dont elle entreprend la rédaction comme un dérivatif à un chagrin dont elle ne parvient pas s'extraire, comme elle l'explique dans les premières pages de ceux-ci. L'écho de cette douleur s'entend aussi dans la conclusion de son premier roman.

Mais peut-être la confession la plus intime, l'aveu le plus touchant, se trouvent-ils dans cette phrase discrète, posée là au milieu de l'action dramatique de façon presque anodine :

> « quoique les circonstances de sa vie lui eussent évité le tourment des passions, madame d'Aubemer avait une de ces organisations délicates qui comprend les chagrins des autres sans les avoir éprouvés ».

---

1 Françoise Wagener, *op. cit.*

La comtesse de Boigne a sous-titré son roman « *Nouvelle du XVIIIe siècle* », mais il évoque un monde dans lequel, finalement, elle n'a pas évolué. Elle a huit ans lorsque commence la Révolution et dix-huit lorsqu'elle s'achève en 1799 avec le coup d'État de Napoléon Bonaparte, le 18 brumaire. Elle n'a connu de l'Ancien régime que l'imaginaire désincarné qu'en ont construit les émigrés, puis le difficile retour à la monarchie des deux Restaurations. Est-ce le scepticisme envers ces périodes, et peut-être la désillusion qu'elles engendrent au moment de la prise de conscience d'un impossible recommencement – assez perceptibles dans la critique qu'en dresse son lucide regard dans ses *Mémoires* – qui la pousse à inscrire son récit dans une société que son éloignement dans le passé idéalise ? Il est difficile de l'affirmer, mais c'est une hypothèse défendable.

La comtesse de Boigne commet, dans sa tentative de reconstruction XVIIIe siècle quelques petits anachronismes, bien explicables à une époque où il n'est pas simple de se référer des sources pour vérifier tel ou tel point de détail. Sans vouloir l'en blâmer, il est amusant – si ce n'est intéressant – de les relever, bien que, portant sur des éléments mineurs et des détails, ils n'affectent en rien l'économie générale du récit.

Certains sont d'ordre lexical.

Au chapitre 5, la comtesse de Boigne utilise l'expression mariage *morganatique*, oubliant que ce mot n'est pas usité en France à l'époque où elle situe son roman. Elle y revient quelques lignes plus loin avec l'expression synonyme, *al-*

liance de la main gauche, situation qui évoque bien plus le XIXᵉ siècle que le précédent.[1]

« *Je vous déclare que je ne veux pas subir le ridicule d'être montré au doigt comme le mari d'un bas-bleu !* » déclare Lionel de Saveuse au chapitre 3. L'emploi de *bas-bleu* au sens d'une femme savante, d'une pédanterie ridicule, est nettement dépréciatif. Il s'agit d'un calque de l'anglais *blue-stocking* où il désigne les membres du club littéraire *The Blue Stocking Society* se réunissant chez Elizabeth Montagu, qui l'avait fondé au début des années 1750 ; des membres de cette société, le nom passa aux femmes de cette coterie, puis à n'importe quelle femme affectant des prétentions littéraires. Il est difficile de dire à quel moment le terme prend la valeur franchement méprisante qu'il a dans la bouche de Lionel de Saveuse, mais ce n'est probablement pas avant la toute fin du XVIIIᵉ siècle ou le début du XIXᵉ, car le terme est encore employé avec une valeur positive en 1786 dans un poème d'Hannah More.

Le reste de la conversation amène une mention qui permet de déterminer une période assez précise pour l'action du roman, car Madame de Saveuse répond à son époux « *Je suis fâchée que vous n'ayez pas entendu le président de Brosses raconter hier l'Italie* [...] ». Charles de Brosses (1709-1777) – magistrat, historien, linguiste et écrivain français – effectue en 1739 et 1740 un long périple en Italie. Il ne devient *président de mortier* au parlement de Bourgogne (un des magistrats principaux des institutions de justice les plus hautes, les Parlements) qu'en 1775 et ne peut

---

1 *Cf.* les notes dans le texte pour le sens et l'emploi de ces locutions.

donc être désigné sous ce titre qu'à partir de cette date. Cette référence situerait donc les événements du roman entre 1775 et mai 1777, date de la mort du président de Brosses, donc sous le règne de Louis XVI qui accède au trône en 1774, mais débouche finalement sur une contradiction chronologique interne. En effet, au chapitre 12 se situe une péripétie importante, durant une course à Vincennes. Les courses de chevaux sont introduites en France en 1754 par lord Pascool, sur le modèle de celles pratiquées en Angleterre. Les réunions ne sont pas très fréquentes et se déroulent au Champ de Mars, à l'hippodrome de la plaine des Sablons et à Fontainebleau. En 1780, un règlement royal est mis au point, qui deviendra le futur Code des courses. L'hippodrome choisi officiellement est celui du Parc Royal de Vincennes, dont l'inauguration a lieu le 2 avril 1781, avec la première course publique réglementée, le Prix du Roi. Les réunions se déroulent durant quatre journées au printemps.[1] Cette course ne peut donc pas avoir lieu avant cette date, en contradiction avec la référence au président de Brosses mort en 1777.

Sur le thème des occupations de la haute société, on peut relever qu'au chapitre 8, madame de Saveuse joue du piano. Le Dictionnaire de l'Académie française ne donne pas le sens contemporain, *instrument à clavier, dont les cordes sont frappées par des marteaux*, avant sa 8e édition de 1932-35. Le piano moderne lui-même est mis au point vers 1820 à partir d'une évolution du *piano-forte* inventé au début du XVIIIe siècle, qu'il va totalement remplacer. Il est diffi-

---

1 Manuel Gomez-Brufal. *Histoire des courses. Des origines à nos jours.* Les Presses du Midi, 2008 [ISBN 2-87867-951-2] ; disponible sur le site www.inlibroveritas. net sous licence *Creatives Commons*.

cile de dire à quel moment l'apocope *piano* va devenir commune puis supplanter le terme précédent, mais il est peu probable que cela soit bien avant l'apparition puis la généralisation de l'instrument tel que nous le connaissons. Il y a donc un léger anachronisme à l'utiliser dans un roman situé sous l'Ancien Régime. Et pour en revenir aux courses du chapitre 12, il est fait mention d'une *course aux barrières* expression qui désigne, mais pas avant 1833, une course d'obstacles avec cinq barrières de trois pieds et demi (1,06 m) sur la distance de 2 miles (3,218 km), elle succède à la course au clocher, dont la première a eu lieu en France à Jouy le jeudi 4 mars 1830, et deviendra l'actuel *steeple-chase*.[1] L'anachronisme vis-à-vis de l'époque où se situe le roman est cette fois flagrant, renforcé par la mention d'une activité consistant à « *fixer les différences* » qui renvoie à un état avancé du fonctionnement des paris courant sous Louis-Philippe, mais très improbable sous Louis XVI.[2]

La comtesse de Boigne vit avec son temps, et parsème son roman situé dans un XVIIIe siècle réinventé de marqueurs de celui où elle s'est épanouie, le XIXe.

---

1 Manuel Gomez-Brufal, *op. cit.*
2 *Cf.* la note dans le texte pour le sens et l'emploi de l'expression.

La Maréchale d'Aubemer

Nouvelle du XVIIIe siècle

CHAPITRE PREMIER
LES PLAISIRS D'UNE MAÎTRESSE DE MAISON

« Mon Dieu, comme ce bruit m'importune ! » dit la maréchale d'Aubemer en se levant du fauteuil où elle lisait, assez nonchalamment, le dernier discours prononcé à l'Académie ; et le posant sur une étagère de Boule[1] ornée de bronze doré, déjà chargée à ses diverses tablettes d'un livre d'histoire, d'un roman nouveau, de plusieurs brochures, d'un ouvrage à l'aiguille et d'un volumineux tricot : « Qui fait donc tout ce tapage ? demanda-t-elle à un de ses gens qui répondait à sa sonnette ; voilà une heure que j'en suis assourdie.

— Ce sont les tapissiers qui enlèvent les tapis du grand salon, madame la maréchale, et décrochent les portes qui ouvrent dans la galerie.

---

1 La graphie admise aujourd'hui est Boulle, et madame de Boigne parle donc bien d'un meuble d'André-Charles Boulle (1642-1732, premier ébéniste de Louis XIV) ou d'un ses quatre fils. Leur prix élevé les réservait à une clientèle fortunée. Les marqueteries dans le genre de Boulle eurent également du succès sous le règne de Louis XVI.

— Auront-ils bientôt fini ?

— Je ne pense pas, madame la maréchale, ils ne font que commencer. »

La maréchale se rassit dans son fauteuil d'un air de mélancolique résignation.

« Quelle fantaisie absurde à moi de donner des bals ! et pour qui ? et pourquoi ?… Ah ! ce sera bien le dernier, j'en réponds. » Elle reprit sa lecture, puis la quitta : « Allons voir, pourtant, se dit-elle, ce que font ces ouvriers, éviter quelque bêtise… Puisque enfin je donne ce sot bal, il le faut convenablement arrangé. »

Les tapissiers ne faisaient aucune bêtise ; ils démeublaient les appartements, accrochaient les lustres de relais[1], plaçaient des gradins pour l'orchestre, pour les fleurs, dressaient les tables des buffets et du souper.

Tout se préparait selon l'habitude des fêtes données fréquemment par la maréchale depuis nombre d'années : il n'y avait rien à reprendre ; elle revint nonchalamment au salon qu'elle habitait le matin ; il n'était point soumis aux dérangements imposés à ses voisins plus magnifiques et moins confortables. Assise sur une petite chaise devant le feu, les coudes sur ses genoux, la tête dans ses mains, madame d'Aubemer se prit à réfléchir profondément. Le résultat de ses méditations fut de faire appeler son maître d'hôtel et de lui donner de nombreuses instructions sur la façon de distribuer les rafraîchissements. Au dernier bal, elle avait

---

1 Lustres supplémentaires en prévision du bal, dont la bienséance demande qu'il soit très éclairé.

remarqué un peu d'encombrement : elle pensait y remédier en installant un second buffet à l'extrémité des appartements. M. David y trouvait des impossibilités : comment le service y arriverait-il ? cela ne s'était jamais fait… La maréchale, assez impatientée de ces objections pour négliger de prendre son mantelet, le conduisit vivement dans les salons et lui prouva qu'en se servant d'un escalier de dégagement rien ne serait plus facile. M. David fut forcé d'en convenir ; mais il faudrait que madame la maréchale en prévînt elle-même mademoiselle Julie, qui ne permettait à personne de passer par cet escalier. Il conduisait chez elle, et elle n'entendait pas qu'on le salît. La maréchale ouvrit une porte qui donnait dessus, le vit très bien ciré et couvert d'un tapis, haussa imperceptiblement les épaules et dit :

« Cela ne fait rien, David, je veux un buffet là, et servi par cet escalier.

— Ce sera fait, madame la maréchale. »

Et M. David s'éloigna en se répétant à lui-même que les fantaisies de madame devenaient de jour en jour plus étranges.

Madame d'Aubemer avait été saisie du froid en traversant ces grandes pièces dont on avait ouvert les fenêtres pour éviter la poussière, elle se sentit beaucoup de malaise[1]. S'enveloppant dans son mantelet et rapprochant son fauteuil du feu, elle reprit sa lecture qu'un plateau couvert de lettres

---

1 La construction est aujourd'hui vieillie, mais s'explique facilement par le sens que donne le *TLFi* : [Sur le plan physiol.] Trouble passager de la santé, ne constituant pas une maladie caractérisée, et qui se traduit généralement par une sensation de faiblesse, des étourdissements, des suées, des nausées, sans douleur bien précise.

vint interrompre : « Encore ! » s'écria-t-elle, en jetant un regard de détresse sur sa table à écrire, déjà encombrée de billets. Tous, dans des termes plus ou moins familiers, plus ou moins exigeants, demandaient, au nom de sentiments éminemment touchants, des invitations au bal pour des danseurs charmants qu'il fallait encourager au goût de la bonne compagnie, des demoiselles naïves à leur premier début ; des jeunes femmes accomplies, dont l'éclat parerait la fête ; voire même pour de vieux parents n'allant plus dans le monde,[1] mais ayant pourtant un vif désir de voir encore une fois ce qu'il présentait de plus brillant, etc., etc. Les nouveaux billets étaient de la même nature ; on attendait les réponses. La maréchale en donna quelques-unes de favorables pour s'éviter l'ennui d'écrire, non sans penser combien cela lui ferait de tracasseries vis-à-vis de personnes précédemment refusées. Puisant de la résolution dans son humeur, elle dit en réponse à d'autres :

« Je suis sortie, et si on revient, je ne serai pas rentrée ; faites fermer ma porte, » et elle reprit le malencontreux discours qu'elle avait commencé avec intérêt, mais qui souffrait de ces contrariétés multipliées ; elle voulait pourtant en pouvoir parler à l'auteur, et tournait négligemment les pages, afin de tomber sur quelque phrase à effet dont elle pût se servir vis-à-vis de lui, lorsque la duchesse de Montford fut annoncée.

« Chère amie, je sais que votre porte est défendue, je sais que vous ne donnez plus de billets pour votre bal de demain ; en conséquence, *j'entre* et je viens en *prendre* deux, »

---

1 *Le monde*, dans ce sens absolu, désigne l'aristocratie de la Cour, la haute société, la société des gens qui aiment luxe et divertissements.

dit-elle en s'avançant vers la table où il y en avait une pile ; et, s'emparant de deux : « Vous allez me demander pour qui ?... je n'en sais rien. » La maréchale sourit.

« J'aime mieux cela, j'en aurai la conscience plus à l'aise vis-à-vis de ceux à qui j'ai dit, très véridiquement, l'impossibilité d'en *donner*. Expliquez-moi seulement pourquoi vous tenez, jusqu'aux voies de fait inclusivement, à réussir pour des inconnus ?

— En vérité, je n'y tiens pas du tout, mais je n'ai pu faire autrement. Henri d'Estouteville m'a ordonné d'emporter ces billets, et ce qu'il veut s'accomplit toujours, je ne sais comment. » Une légère nuance d'amicale ironie glissa sur le visage de la maréchale.

Le comte Henri d'Estouteville était incontestablement l'homme le plus à la mode de toute la France, et, pour le moment, l'amant très affiché de la princesse Simon de Montford, belle-fille de la duchesse. Jusqu'à lui les titulaires de ce poste, assez fréquemment renouvelés, n'avaient obtenu que les mépris et les sarcasmes de la duchesse, mais M. d'Estouteville mettait tant d'adresse et de bonne manière dans sa conduite, qu'il régnait despotiquement à l'hôtel de Montford. Il maintenait la princesse Simon dans des procédés plus respectueux envers sa belle-mère et une attitude plus convenable vis-à-vis du monde : quant au prince Simon, on ne pouvait deviner s'il était instruit de la conduite de sa femme, et moins encore s'il y portait le plus mince intérêt. « Pourquoi donc ne m'avez-vous pas envoyé cet irrésistible d'Estouteville en personne ?

— Parce qu'il a dit que votre porte serait fermée, que vous seriez sortie, malade, impatientée, récalcitrante... que sais-je… que moi seule je réussirais à vous séduire ou à vous violenter… enfin parce qu'il a conclu que je vinsse, et me voilà… il a eu raison, puisque j'emporte les deux billets.

— Vous savez à qui ils sont destinés ?

— Non, mais très certainement à gens fort convenables.

— Si vous étouffez tous à ce maudit bal, ce ne sera pas ma faute, souvenez-vous-en ! Malgré toute cette maussaderie dont M. d'Estouteville a sûrement fait un récit fort divertissant, j'ai eu la main forcée de tous côtés.

— Ah ! vous voilà grognon ! fi ! cela est laid, et ne vous sied nullement ; vous ne savez comment vous y prendre. Soyez tranquille, ma chère, votre bal sera charmant, et les compliments du lendemain vous feront oublier les tracasseries de la veille ; je vous ai toujours vue comme cela.

— C'est un peu vrai, reprit la maréchale à demi-voix ; mais, ajouta-t-elle plus haut, chaque fois l'ennui de la veille est plus grand, la fatigue du jour plus pénible, et le succès du lendemain plus indifférent ; aussi c'est bien le dernier bal que je donnerai de ma vie.

— Allons donc ! C'est encore là un propos de la veille. Vos bals sont les plus charmants de Paris ; toute la jeunesse vous en demandera, et vous ne la refuserez pas. »

La maréchale secoua la tête d'un air mélancolique. Le bruit des marteaux s'étant rapproché en cet instant, elle s'écria vivement :

« Entendez-vous cet affreux vacarme ? C'est une part des plaisirs de la fête ! ! ! »

Madame de Montford se prit à rire. « Ma chère maré-chale, vous avez le *spleen*[1] ; vous n'êtes pas assez enfant gâté pour vous laisser agacer à ce point de quelques invitations forcées et de quelques coups de marteaux obligés dans votre état naturel : voyons, calmez-vous. Que lisiez-vous là ? Le discours de M. *** ; ah ! ce n'est que justice, car il est votre ouvrage.

— Quoi, le discours ?

— Non, l'académicien.

— Comment pouvez-vous répéter une semblable sottise, et vous, qui êtes mon amie, me prêter un pareil ridicule ?

— Moi, qui suis votre amie, je ne vous veux point si facile à irriter. Où serait le grand mal que l'intérêt d'une personne aussi distinguée que vous tournât à profit aux gens pour qui elle en professe un très vif ? Vous n'êtes vraiment pas rai-sonnable aujourd'hui ; je ne puis vous passer cette façon amère d'envisager une existence aussi douce que la vôtre, aussi libre…

— Ah ! Oui, très libre assurément.

— Aussi brillante, aussi enviée, aussi… Eh bien, qu'avez-vous ? vous allez vous impatienter ?… n'avez-vous pas, de l'aveu de tout le monde, la maison la plus agréable de Paris, la seule où l'on cause ?

---

1 Le terme – état affectif, plus ou moins durable, de mélancolie sans cause apparente et pouvant aller de l'ennui, la tristesse vague au dégoût de l'existence – peut surprendre dans un roman censé se situé sous l'Ancien Régime, mais il attesté sous la plume de Denis Diderot en 1760 (*Lettres à Sophie Volland*) (*TLFi*). Il témoigne aussi de l'influence de la culture an-glaise exercée sur madame de Boigne durant l'émigration.

— J'ai en effet le droit d'écouter la personne la plus ennuyeuse du cercle, tandis que des gens d'esprit s'entretiennent à quelques pas de moi ; c'est le bénéfice acquis d'une habile maîtresse de maison.

— Alors sortez, et allez porter chez les autres une distinction qui est partout recherchée.

— Je suis trop vieille, les années me pèsent.

— Mais je suis votre aînée, et je porte les miennes fort légèrement.

— Ah ! Vous, c'est différent, vous avez de l'ambition pour votre mari, des devoirs de cour, des enfants…

— Une belle-fille, n'est-ce pas ?

— Mais cela même porte avec soi une sorte d'intérêt… moi, je n'ai à m'occuper que de moi-même ; et cet égoïsme forcé, que vous qualifiez de liberté, m'est insupportable ; il me fait prendre à dégoût cette maréchale d'Aubemer à laquelle je dois exclusivement penser.

— À cela, ma pauvre amie, je n'ai rien à objecter ; vous êtes en effet fort isolée ; mais ne pourriez-vous pas vous entourer un peu davantage ?

— On ne se donne pas à volonté des intérêts factices : j'ai essayé, rien ne m'a réussi. Je m'étais attachée à ce pauvre chevalier d'Aubemer, je faisais des romans sur lui, je voulais l'adopter, le marier, et vous savez comment le loyal garçon a péri… Ç'a été ma dernière illusion… et ma dernière espérance !…

— Mais vous avez madame votre sœur, veuve comme vous : pourquoi ne vous en rapprocheriez-vous pas ?

— Depuis vingt-cinq ans, Caroline est enfermée dans ses montagnes. Nous n'aurions pas une idée en commun, nous nous serions mutuellement insupportables ; et puis, elle *adore* sa fille.

— Allons ! Voilà qu'après m'avoir envié mes enfants, vous querellez votre sœur d'aimer les siens ! Mais cette nièce elle-même ?... Il m'est revenu qu'elle était bien.

— Oh ! faites-m'en grâce !... une péronnelle qui a refusé le pauvre chevalier d'Aubemer pour épouser son cousin, ce beau fils que vous avez vu, je crois, chez moi l'année dernière. Il ne m'a pas fallu plus d'une demi-heure pour le prendre à guignon[1].

— Décidément, vous êtes mal montée[2] ; j'en reviens à mon premier dire, ma très chère, vous avez le spleen : j'espère dans vos habitués du soir pour vous distraire et le dissiper.

— Mes habitués du soir ! Est-ce que je puis rester chez moi dans un pareil *boulvari*[3] ?... et je n'ose aller nulle part dans la crainte de rencontrer des gens qui me feront la grimace, ou me demanderont des invitations pour demain.

— Venez dans ma loge à la Comédie Italienne : ces jeunes dames ont une partie entre elles, j'y serai seule et nous nous barricaderons. »

Cette fin de dialogue se tenait près de la porte par où la duchesse allait sortir ; elle s'ouvrit, et un domestique présen-

---

1 Prendre quelqu'un (quelque chose) en grippe. Le *TLFi* donne la construction *prendre qqn (qqc.) en guignon*, mais le sens reste le même.

2 De mauvaise humeur, mal lunée.

3 Vacarme, tumulte, désordre. Le terme est donné comme populaire par le *TLFi*, d'où certainement la mise en italiques.

ta un plateau portant une seule lettre : la maréchale recula.

« Je n'y suis pas, je n'en veux pas !

— C'est par la poste, madame la maréchale.

— En vérité, dit madame de Montford en riant, vous avez la lettrophobie, chère amie. Décidément, venez-vous aux Italiens ?

— Qu'y donne-t-on ? »

Tandis que ces dames discouraient sur l'emploi de leur soirée, madame d'Aubemer, avec cette oisive curiosité qui porte à étudier comme une énigme les lettres qu'à l'instant on doit ouvrir, inspectait le timbre de celle qu'elle tenait à la main. D'un mouvement rapide elle se rapprocha de la fenêtre en la décachetant, et jeta vivement un regard sur les premières lignes.

« C'est l'écriture de ma sœur, dit-elle, je ne l'avais pas reconnue sur l'adresse, et le timbre d'Uzerche[1] m'avait alarmée... Tenez, madame de Montford, écoutez cette première phrase et jugez si j'ai raison en affirmant qu'il n'y a plus rien de commun entre ma sœur et moi... *Je connais trop le cœur de ma chère Émilie pour penser que le monde ait pu réussir à le gâter ou même à l'altérer...* Le monde[2] qui gâte le cœur ! y a-t-il une idée plus provinciale ?... quoi de commun entre le monde et le cœur ?... En vérité, ce pauvre monde, calomnié par le vulgaire, n'a d'autre tort que d'être profondément ennuyeux.

---

1 Commune située dans l'actuel département de la Corrèze.
2 *Cf.* note *supra*.

— En cela, je suis entièrement de votre avis, et pour ne pas recommencer à vous gronder, je me sauve et vous espère ce soir au spectacle.

— Je ne sais.

— Bah ! Venez.

— Nous verrons. »

Madame d'Aubemer retourna vers la fenêtre pour achever la lecture de la lettre ; mais le jour était tombé, elle la posa sur la cheminée, s'assit sur sa petite chaise devant le feu et se mit à tisonner. « Cette pauvre Caroline ! Se dit-elle mentalement à la suite d'une longue et vague rêverie, c'est certainement ce que j'ai le mieux aimé pendant bien des années ! » Les souvenirs de jeunesse qui avaient produit cette réflexion l'amenant au désir de lire ce que sa sœur lui mandait, elle sonna et demanda des lumières. Tandis qu'on les apprêtait, M. David vint prévenir que les ouvriers avaient fini ; y avait-il d'autres ordres à leur donner ?

« Les fenêtres sont elles fermées, David ?

— Oui, madame la maréchale.

— Mon mantelet, le capuchon sur ma tête ; là, c'est bien. »

Ses précautions prises, à cette fois, madame d'Aubemer inspecta soigneusement tous les arrangements commandés, s'assura que les buffets étaient préparés où elle les avait indiqués, donna minutieusement des ordres pour le service du lendemain, revint à son fauteuil retrouver un bon feu avec un sensible plaisir, et la lettre avec bien moins d'attendrissement qu'elle n'en éprouvait au moment où M. David en avait arrêté la lecture. « Je connais trop le cœur de ma chère Émilie pour penser que le monde ait pu le gâter ou même l'altérer, c'est donc avec une entière confiance que j'y viens faire appel. — Ma fille se rend à Paris avec son mari ; je vous la recommande, ma sœur, non pas pour la mener à l'Opéra et la faire prier au bal, mais pour veiller maternellement sur elle ; vous voyez à quel degré je compte sur votre bonté et sur cette tendre amitié qui a trop longtemps régné entre nous pour se pouvoir jamais effacer. — Je vous confie non seulement ce que j'ai de plus cher, mais ce qu'il y a de plus sacré, une jeune femme qui n'a pas connu de chagrin et ne sait pas qu'il en peut arriver. — Chère sœur, aimez-la, protégez-la dans un monde où elle va être si étrangère et peut-être si étrange ; j'ai besoin de m'appuyer sur l'espérance de votre sollicitude pour prendre un peu de courage à voir partir mon enfant. — Bonjour, chère Émilie, Caroline vous presse tendrement sur un cœur dont il vous est donné de soulager l'inquiétude et l'amertume en acceptant sa demande. »

« Encore un ennui ! Pensa la maréchale ; cela m'ira bien de promener une petite provinciale, tout occupée de m'employer à lui procurer des permissions pour voir tout ce qu'on ne montre pas, et des places pour tous les spectacles où l'on n'en trouve plus !… Heureuse encore si j'en suis quitte pour cela ! Elle va peut-être s'installer à mon coude, m'appelant à tout propos : « tante Émilie » ou « madame la maréchale » selon qu'elle est la Grâce ou la Muse d'Uzerche, selon qu'elle vise au naïf ou au sublime !… *Parfaitement heureuse ! !…* je lui fais mon compliment de trouver le bonheur à être la femme du comte Lionel de Saveuse… cela me donne sa mesure… Après tout, elle ne connaît pas autre chose, et il y a des gens qui le trouvent très beau… À propos, il n'y a rien dans la lettre sur la figure de la petite… non rien… elle est sûrement tout au moins laide… peut-être affreuse… pas affreuse, sa mère aurait dit quelques mots pour en affaiblir l'impression… une figure très ordinaire. — Caroline a pourtant raison, c'est quelque chose de sacré, le bonheur d'un jeune cœur ! mais comment veut-elle que je le lui garantisse ? Hélas ! le bonheur n'est-il pas fondé sur des illusions, et qui les a jamais conservées ?… Allons, je ferai de mon mieux… mais voilà un lourd fardeau me tombant sur les bras… je voudrais n'y plus penser… à chaque jour suffit sa peine. » Et madame d'Aubemer reprit résolument la lecture si souvent interrompue, tournant les pages sans leur prêter la moindre attention.

« Je ne ferai ma toilette qu'après dîner, » dit-elle à mademoiselle Julie qui se présenta à la porte pour annoncer que l'heure en était dépassée. Elle ne se mit point à table, se fit apporter un bouillon dont elle avala quelques cuillerées, et se renfonça dans son fauteuil. Sa vue fatiguée ne lui permettait pas de lire longuement à la lumière, elle eut recours au tricot qui stationnait sur sa table et se plongea de plus en plus dans les idées tristes ; avant neuf heures elle passa dans sa chambre et sonna ses femmes :

« Je ne sortirai pas ; je vais profiter de ce que ma porte est fermée pour me coucher ; j'ai mal à la tête et décidément mal à la gorge.

— Cela n'est pas étonnant à la façon dont madame met la maison sens dessus dessous, » répondit mademoiselle Julie d'un ton colère.

Madame d'Aubemer comprit que David n'avait pas gardé le secret sur l'escalier. La révélation étant faite, elle trouva inutile d'y revenir et garda le silence, que mademoiselle Julie imita d'un air rogue. L'ordre fut donné de taire l'indisposition de la maréchale, dans la crainte que le bruit, s'en répandant, n'amenât quelque incertitude sur la soirée du lendemain parmi les élus de la mode, espèce de monde qui connaît son importance, veut être prié partout, accorde souvent sa présence, toujours sa critique, mais peut se dégoûter à la moindre difficulté et que la maréchale, malgré sa haute position sociale, tenait pourtant à posséder à son bal.

Madame d'Aubemer passa une mauvaise nuit ; un violent mal de tête s'était ajouté le matin au mal à la gorge. Le même scrupule qui avait dicté le silence de la veille l'empêcha d'envoyer chercher son médecin ; elle garda le lit, servie par des gens tous plus maussades les uns que les autres ; enfin, à l'aide d'eau de fleurs d'oranger, d'éther, et surtout d'une forte volonté, elle se mit en état de se lever, fit une toilette[1] simple, mais riche et noble, et vers dix heures entra dans ses salons splendidement éclairés. Elle y avait été précédée par quelques mères de filles laides ou peu riches qui avaient voulu leur ménager de bonnes places, bien assurées que les danseurs ne viendraient pas les rechercher dans la foule. — La maréchale jeta un coup d'œil savant autour de ses appartements, et voyant qu'il n'y avait rien à reprendre, sembla s'occuper exclusivement d'une compagnie dont elle ne se souciait guère, et point du tout du matériel dont elle se souciait fort. Bientôt les véritables élégants arrivèrent et la fête s'anima. — Après avoir dit très sincèrement à la du-

---

1 Dans cet emploi, désigne l'ensemble des vêtements et accessoires qui servent à la parure et notamment à l'habillement féminin, même si la construction avec *faire* est plus habituelle dans le sens de l'action de procéder aux divers soins de propreté du corps.

chesse de Montford qui se retirait vers minuit : « Vous êtes bien heureuse de vous en aller, je voudrais pouvoir en faire autant, » la maréchale n'épargna aucun soin pour prolonger son bal. — Le bruit, habilement répandu, d'un *déjeuner à la polonaise*[1] devant être servi à six heures retint beaucoup de monde ; toute nouveauté séduit à Paris ; on voulait pouvoir raconter le lendemain le *déjeuner à la polonaise*. Il fut très bon, très recherché, comme l'avait été le souper.

Tout avait pleinement réussi, madame d'Aubemer eut entière satisfaction. À huit heures du matin elle rentrait dans sa chambre exténuée de fatigue ; ses femmes la déshabillèrent presque sans connaissance. Il n'y avait plus d'obstacle à faire appeler son médecin. Il lui trouva une forte fièvre ; le soir elle était dangereusement malade.

---

1 La mode de ces *déjeuners à la polonaise* a dû être très éphémère, car on n'en trouve nulle trace, à moins qu'il ne s'agisse d'une invention malicieuse de l'auteur pour railler un peu la frivolité de la chose. Il est incertain de se reporter à la composition du déjeuner polonais contemporain – qui comprend une soupe – pour imaginer celui de la maréchale d'Aubemer, d'autant plus qu'au XVIIIe, date à laquelle madame de Boigne a situé son roman, la notion de déjeuner renvoie à celle notre actuel petit-déjeuner.

CHAPITRE II
CHAPITRE RÉTROSPECTIF

Il est sans doute fastidieux de retourner en arrière, mais il faut à l'écrivain et au lecteur le courage de supporter l'ennui de quelques pages rétrospectives afin d'expliquer et de comprendre le passé, déjà un peu long pour une héroïne de roman, de madame d'Aubemer ; car nous ne voulons prendre personne par surprise et nous l'avouons, au risque de faire rejeter ces feuilles avec dédain, la maréchale est l'objet de nos prédilections. Son père, le baron d'Élancourt, veuf et retiré du service, habitait une terre éloignée de la capitale ; il crut faire un acte de haute sagesse en nommant un homme d'affaires, dont l'intégrité ne lui était pas douteuse, tuteur de ses deux filles. En chargeant M. Duparc de gouverner leur fortune et de disposer de leur sort, il avait stipulé qu'elles demeureraient au couvent jusqu'au jour de leur mariage. Mesdemoiselles d'Élancourt étaient orphelines depuis cinq ans et l'aînée atteignait sa dix-neuvième année lorsque M. Duparc lui présenta M. Dermonville comme aspirant à sa main. L'ennui du couvent ne lui permit pas d'hésiter, et elle accepta avec satisfaction l'offre de son tuteur. Peu de semaines après elle épousa M. Dermonville, au grand mécontentement de sa famille, qui n'avait pas été consultée. Le public en général blâma ce mariage ; on trouvait que mademoiselle d'Élancourt, fille de qualité, alliée aux premières maisons de France, possédant trente mille livres[1] de rente et une beauté fort remarquable, ne devait pas épouser un homme de quarante-cinq ans dont la seule distinction se bornait à une très grande fortune ; on aurait pu y ajouter beaucoup de bon sens et un heureux caractère, mais ce sont de ces avantages dont on tient peu état dans le monde, et le bruit courait que M. Duparc avait vendu la jeune et charmante Émilie d'Élancourt à beaux deniers comptants. — M. Dermonville entoura sa femme d'un grand luxe, établit sa maison sur un pied très élégant, et elle devint l'arbitre de la mode, sorte d'importance qui absorbe au début de la vie et ne laisse pas aux regrets le temps de se former. Émilie paraissait donc très satisfaite dans les liens d'une union disproportionnée pour l'âge et la naissance. Sa sœur Caroline, retenue au couvent par la volonté expresse du baron d'Élancourt, passait néanmoins la plus grande partie de ses journées chez madame Dermonville. Elle y fut remarquée par le comte Gustave de Saveuse, dont bientôt elle partagea le sentiment ; Émilie s'en porta protectrice et se chargea de parler à M. Duparc ; après quelques légères représentations il accorda un consentement très bénévole à condition que le mariage se ferait sans aucun retard, voulant éviter, disait-il,

---

1 Il s'agit de la livre tournoi, soit environ 210 000 de nos euros actuels ; cette conversion sur la base de l'étalon-or ne peut donner qu'un ordre de grandeur de la somme, car le pouvoir d'achat était très différent. La livre est une unité de compte abstraite, utilisée pour exprimer une valeur et compter, à la différence d'une unité de règlement concrète, servant à nommer les pièces de monnaie (le louis, l'écu, etc.).

les commentaires malveillants des parents de mesdemoiselles d'Élancourt ; les jeunes gens ne demandaient pas mieux, et le marquis de Saveuse eut à peine le temps d'arriver de son château du Limousin, sa résidence habituelle, pour assister à la bénédiction du mariage de son fils. M. Duparc disait, à la sortie de la cérémonie, avec une expression d'amertume : « On ne m'accusera pas, au moins, j'espère, d'avoir sacrifié et vendu celle-ci ; M, de Saveuse est jeune et beau garçon, les nouveaux époux pourront s'entretenir ensemble des faits et gestes de leurs ancêtres aux croisades, et, Dieu soit loué ! le mari ne possède pas un patard.[1] » Deux années de bonheur s'écoulèrent comme un songe. Les jeunes Saveuse partageaient leur temps entre le château de Saveuse, Magnanville[2], la magnifique habitation des Dermonville, et Paris, où ils avaient leur établissement personnel ; la naissance d'un enfant venait de compléter leur joie, et madame Dermonville, à qui le ciel n'en avait pas accordé, éprouvait des sentiments presque maternels pour le fils de sa sœur chérie, lorsque ce tuteur si susceptible aux injustices des propos du monde disparut, emportant la plus grande partie de la fortune de ses pupilles, et ayant tellement engagé et dilapidé le reste, qu'elle se trouvait à peu près réduite à néant. Avec l'intelligence d'un fripon, il avait habilement choisi les maris

---

1 Gros sou double, et par extension, menue monnaie, très petite somme. *Synonyme* liard.

2 Cette propriété revient souvent dans le récit. La commune existe réellement et est située dans les Yvelines près de Mantes-la-Jolie, à 60 km à l'ouest de Paris. Siège d'une seigneurie depuis le XIe siècle, son château fut reconstruit en 1750 par l'architecte François II Franque, avec un faste qui étonna les contemporains. Il est confisquée comme bien national sous la Révolution, vendu en 1791 et partiellement démoli en 1803. L'aile actuellement visible fut restaurée en 1807.

de mesdemoiselles d'Élancourt tels qu'il les lui fallait pour ne point regarder de près dans leurs affaires. Des soupçons, survenus enfin à M. Dermonville, amenèrent une question qui hâta la catastrophe. Les deux sœurs n'eurent point à en souffrir dans leur bonheur intérieur ; M. Dermonville était trop riche et les Saveuse trop généreux ; il fallut seulement renoncer à l'établissement de Paris ; le marquis écrivit qu'il aurait bien de la peine à s'affliger de cet événement s'il lui assurait plus longuement à Saveuse la présence de ses enfants ; de son côté madame Dermonville s'empressa de faire arranger dans sa maison un appartement pour le comte et la comtesse Gustave, et témoigna sa joie d'une réunion encore plus intime ; M. Dermonville s'y prêta avec complaisance comme à tous les désirs de sa femme, et les Saveuse s'y installèrent à la mutuelle satisfaction des deux sœurs. — Les maris se convenaient moins ; ils n'avaient aucun rapport de goût ni de relations de société ; M. Dermonville était un peu troublé de voir M. et madame de Saveuse appelés fréquemment à la cour[1], il craignait que madame Dermonville ne se chagrinât de n'y point aller ; cela lui donnait une nuance d'humeur, et, sous prétexte de la différence d'âge, lui faisait affecter une sorte de supériorité vis-à-vis de son beau-frère dont celui-ci, naturellement quinteux[2] et entiché de sa noblesse, était encore plus disposé à s'offenser depuis qu'il se sentait son obligé ; aussi la maison de M. Dermonville lui devint-elle insupportable ; il y dînait rarement, n'y passait guère la soirée, et ne profitait jamais des loges ni des équi-

---

1 Versailles.
2 Sujet à des accès de mauvaise humeur, d'un caractère difficile. *Synon.* Acariâtre, grincheux.

pages. M. Dermonville faisait des plaisanteries assez amères sur la façon dont son beau-frère se dérangeait. — Caroline en prenait une mortelle inquiétude, sans oser interroger Gustave sur le changement de ses habitudes, lorsque enfin, dans une explication entre les deux époux, il avoua son antipathie à résider sous le toit de M. Dermonville. Il avait vainement cherché à la combattre, et ne pouvait plus longtemps la taire à Caroline. Le printemps amenait naturellement le départ pour le Limousin ; madame Dermonville en voyait approcher le moment avec un extrême regret ; elle faisait mille projets pour l'hiver suivant, recommandait surtout qu'on ramenât le petit Gustave, enfant très délicat, avant les premiers froids, et le couvrait des plus tendres caresses. Caroline l'écoutait d'un sourire mélancolique et les yeux pleins de larmes ; elle ne pouvait s'associer à tous ces plans de réunion dont elle savait l'illusion. Émilie avait remarqué les fréquentes absences de Gustave de Saveuse, elle craignait sa sœur moins heureuse dans son ménage, cette tristesse le lui confirma, et redoubla sa tendresse envers elle. — La correspondance s'établit très active aux approches de l'automne. — Émilie sollicita le retour, des spectacles se préparaient à Magnanville pour le fêter, chaque jour de retard l'affligeait ; Caroline, de son côté, se désolait en recevant ces tendres effusions, ses réponses se ressentaient de la gêne qu'elle éprouvait. Les souffrances d'un commencement de grossesse servirent de prétexte à éviter le séjour de Magnanville, puis la crainte de la fatigue à ne point faire le voyage de Paris. Fort alarmée d'un état qui exigeait de si grands ménagements, madame Dermonville courut, dès le printemps, en Limousin, où elle trouva sa sœur en parfaite santé. Elle en revint avec la promesse que le comte et la comtesse Gustave, et leurs enfants nés et à naître la rejoindraient l'automne à Magnanville avant leur commun établissement à Paris. La naissance d'un second garçon vers le milieu de juillet sembla préparer la réunion ; mais Caroline arriva seule, on n'avait osé faire voyager les enfants, leur père restait auprès d'eux ; madame de Saveuse avait profité d'une course qu'un oncle de son mari faisait à Paris pour venir embrasser sa sœur, elle retournerait avec lui. Madame Dermonville crut encore, cette fois, à une nécessité forcée, elle ne pouvait douter de la tendresse de Caroline ; mais lorsque, pendant deux années consécutives, les prétextes se renouvelèrent, madame Dermonville dut enfin s'en étonner. La correspondance entre les deux sœurs ; toujours fort tendre, devint moins active : chacune s'était fait de nouveaux intérêts, de nouvelles relations où elles n'étaient plus en communauté d'impressions. — Une affaire importante ayant appelé Gustave de Saveuse à Paris, il ne descendit pas chez M. Dermonville, et, se bornant à une visite de cérémonie, il prit son domicile chez un de ses parents à Versailles. M. Dermonville en montra un ressentiment partagé enfin par sa femme ; elle écrivit à Caroline pour se plaindre de Gustave. Celle-ci, ne pouvant consentir à lui trouver des torts, répondit très froidement, et dès lors la scission s'établit de fait ; on écrivait encore, mais seulement aux occasions.[1]

Madame Dermonville fut désespérée de cette rupture ; toutes ses plus tendres affections étaient fixées sur Caroline, elle avait tardé le plus longtemps possible à reconnaître ce que, très naturellement, elle appelait son ingratitude, et en éprouva d'abord une vive irritation ; puis elle se résigna à

---

1 Dans un sens absolu, c'est-à-dire aux occasions où il est impératif d'écrire, comme pour un faire-part.

croire trouver simple de lui voir chercher le bonheur dans des liens encore plus intimes, mais elle lui ferma son cœur et se promit de ne plus lui laisser le droit de le déchirer ; la mort du petit Gustave, le seul des enfants qu'elle connût, compléta la séparation ; madame de Saveuse perdit successivement quatre garçons ; une fille, née la dernière, survécut seule et réunit sur sa tête la tendresse passionnée des habitants du château de Saveuse.

Madame Dermonville avait atteint l'âge de trente-cinq ans, quand la mort de M. Dermonville la laissa maîtresse de son sort et d'une immense fortune qu'il lui légua tout entière. Aussitôt que les convenances le permirent, elle épousa le duc d'Aubemer. Cette union, fondée sur l'affection, la confiance et l'estime réciproque, aurait été parfaitement heureuse si la privation d'enfants n'y avait apporté quelque regret ; elle durait depuis dix ans lorsqu'une fluxion de poitrine, gagnée en commandant une manœuvre, emporta le duc devenu maréchal d'Aubemer. — Longtemps la maréchale fut abîmée dans ses regrets ; toutefois elle ne chercha pas de consolation auprès de sa sœur et s'attacha au jeune chevalier d'Aubemer dont nous lui avons déjà entendu parler. — Le temps ayant émoussé sa douleur, elle reprit dans la société du grand monde la place brillante qu'elle y occupait avec un si profond ennui. Il nous faut encore un peu abuser de la patience du lecteur pour le ramener en Limousin. Un frère du vieux marquis de Saveuse avait, grâce à son nom, épousé la plus riche héritière de sa province, beaucoup moins noble que lui ; leur fils suivit le même exemple, et ces deux mésalliances donnèrent à la branche cadette les avantages de la fortune ; elle n'en conservait pas moins la déférence que l'on portait alors à l'aîné de la maison et rendait de grands respects au marquis de Saveuse. La mort des quatre garçons de Caroline ayant laissé pour seule héritière du château de Saveuse une petite fille de six ans, le baron de Saveuse la demanda presque officiellement pour son fils Lionel, âgé de dix ans. Cette union devint le rêve de toute la famille ; le marquis y voyait la certitude que ses tourelles seraient habitées, entretenues, relevées même, car la modicité de son revenu ne lui permettait pas de soutenir l'antique lustre de ses ancêtres, et l'immense château féodal de Saveuse tombait en débris dans bien des parties. Le caractère susceptible de Gustave ne s'était point démenti dans la solitude, et lui faisait d'autant plus souhaiter ce mariage qu'il comprenait l'importance attachée par le baron à voir son fils propriétaire du berceau de la famille et retrempant son nom dans le sang resté pur de la branche aînée ; personne n'apprécierait plus haut les avantages apportés par mademoiselle de Saveuse ; l'orgueil du comte Gustave en était ravi, et c'est avec ces sentiments qu'il s'éteignit dans les bras de sa femme, lui recommandant de préparer leur fille à accomplir cette union dès qu'elle aurait atteint sa dix-huitième année. Les douces vertus de Caroline lui avaient acquis la plus tendre affection du marquis, elle lui rendait des soins tout à fait filiaux ; la douleur de la mort de Gustave leur fut commune, et sa veuve demeura la châtelaine de Saveuse. Bien des fois elle avait désiré expliquer sa conduite à sa sœur, mais toujours des scrupules de diverse nature l'avaient retenue. Pendant la vie de M. Dermonville, elle aurait craint de l'indisposer contre un mari pour lequel Émilie n'éprouvait que des sentiments de considération ; car, dans sa prévention favorable à Gustave, elle trouvait à M. Dermonville tous les torts dont la susceptibilité de celui-ci l'accusait. La grande fortune dont madame Dermonville se trouva maîtresse à son premier veuvage ne permettait pas aux Saveuse de s'empresser alors de lui rappeler l'existence de parents fort peu riches ; les premières avances devaient venir de son côté, leur délicatesse du moins en décida ainsi. Le mariage d'Émilie avec le duc d'Aubemer se présenta comme un nouvel obstacle aux yeux de Gustave ; un beau-frère aussi grand seigneur offusquait son amour-propre souffreteux et quinteux, et il ne permit à sa femme aucun essai de rapprochement ; Caroline, devenue veuve, en aurait été tentée, si dans les explications il n'avait pas fallu reconnaître quelques faiblesses à Gustave ; peut-être ne se les dissimulait-elle pas, mais sa pieuse tendresse aurait souffert à les avouer ; le marquis, de son côté, craignant qu'un rapprochement avec la maréchale ne lui enlevât trop souvent sa belle-fille, l'en éloignait soigneusement, et l'avenir de son enfant étant fixé par la volonté du marquis et les ordres du comte Gustave au château de Saveuse, elle-même s'était accoutumée à ne point porter ses regards au-delà ; c'est ainsi que la brèche entre les deux sœurs s'étendant, se conservant par le silence et le temps, elles en étaient venues à ne guère s'occuper l'une de l'autre, lorsqu'en songeant à marier le chevalier d'Aubemer, la pensée de lui faire épouser sa nièce vint à la maréchale. L'idée d'établir ce jeune ménage auprès d'elle lui sourit aussitôt ; c'était réunir la famille du maréchal à la sienne et confondre leurs intérêts. Madame d'Aubemer se complut dans ce projet ; enfant gâtée de la fortune, accoutumée à voir réussir tous ses désirs, elle le regarda comme assuré dès qu'elle l'eut résolu ; mais, toujours irritée contre sa sœur, ce fut au marquis de Saveuse que la maréchale écrivit et demanda la main de sa petite-fille pour le chevalier d'Aubemer ; il terminait alors ses caravanes[1] à Malte, devait quitter l'ordre dès qu'il aurait achevé de tenir galère,[2] et le rang de duc lui était assuré au retour. Le marquis refusa au nom de mademoiselle de Saveuse ; un mutuel attachement l'engageait à son cousin Lionel de Saveuse ; le violent dépit de la maréchale, à ce refus, ne tarda pas à être absorbé par le chagrin très vif de la mort du chevalier d'Aubemer, tué en se battant vaillamment contre des pirates barbaresques. — Depuis lors, elle avait émietté sa vie dans les petites affections, dans les petites affaires, dans les petites tracasseries, dans les petites agitations de la société factice du grand monde, s'occupant avec anxiété de choses dont elle ne se souciait guère et n'y attachant aucun prix lorsqu'elles avaient réussi, mais où elle ne voulait pas échouer, souffrant enfin de ce désœuvrement de cœur, de cette solitude du foyer domestique qui ne laisse ni but, ni récompense aux actions de la vie. — Reconnue toutefois, par le monde, pour une femme parfaitement heureuse, elle aurait eu très mauvaise grâce à se plaindre ; ses meilleurs amis se seraient moqués d'elle. Tel n'était pas le sort de Caroline ; de grands chagrins l'avaient atteinte ; mais chaque époque de sa vie se comptait par un dévouement aux autres ; elle avait la conscience de son utilité

---

1 *Faire ses caravanes* : Campagnes que les chevaliers de Malte étaient obligés de faire sur mer contre les mahométans, pour s'acquitter du service qu'ils devaient à leur ordre. *Dictionnaire de l'Académie française*, 1ʳᵉ édition, 1694. Cette acception se maintient jusqu'à la 6ᵉ édition en 1835. Les premières courses des jeunes chevaliers de Malte contre les Turcs, parce qu'elles avaient souvent pour objet d'enlever les caravanes qui vont par mer d'Alexandrie à Constantinople. *Dictionnaire d'Émile Littré* (1863-1877). La précision du *Littré* sur la jeunesse des chevaliers correspond à la situation du roman.

2 Vaisseau sur lequel les chevaliers de Malte effectuaient leurs campagnes.

dans le lieu où Dieu avait fixé sa place ; sa tendresse passionnée pour son mari lui avait donné le courage de supporter la perte de ses quatre garçons et de lui prêcher une résignation qu'elle puisait dans le désir de la lui inspirer, et lorsque Gustave, moins courageux qu'elle, succomba en lui léguant le soin de la vieillesse de son père et de l'enfance de sa fille, lui ordonnant de s'occuper de leur bonheur comme elle l'avait fait du sien, elle comprit que sa tâche n'était pas achevée et pouvait, encore être douce et belle.

Le vieux marquis adorait sa petite-fille ; il jouissait de tous les agréments de cette jeune rose des bois avec d'autant plus de fierté qu'elle réunissait à sa grâce féminine l'avantage qu'aurait eu un garçon de continuer le nom de Saveuse. Depuis que le mariage avec son cousin avait été proposé et accepté, il n'en avait plus été parlé ; c'était un fait complètement acquis aux deux familles. Lionel de Saveuse, fils unique et fort gâté par une mère commune autant que bornée, était devenu un grand et beau garçon d'un esprit assez ordinaire, très volontaire, et ne cédant guère qu'à l'influence de sa petite cousine, assez flattée de l'exercer pour se croire un véritable attachement envers lui ; ces enfants savaient le lien qui devait les unir, car on ne pensait nullement à en faire un mystère. Parvenu à l'âge de vingt ans, Lionel annonça la volonté d'épouser sur-le-champ sa cousine ; elle en avait à peine quinze ; la tendresse maternelle de Caroline s'y opposa ; sa fille était encore frêle et délicate, le souvenir de précédents malheurs inspirait des alarmes, elle les fit partager au marquis, et on décida d'attendre la dix-huitième année de la jeune héritière de Saveuse. Lionel se désespéra et sa mère bouda ; le baron, plus raisonnable, éloigna son fils ; mademoiselle de Saveuse pleura en lui disant adieu, puis elle n'y pensa guère, puis elle n'y pensa plus du tout, et reprit avec ses occupations ordinaires la sérénité habituelle de son cœur.

L'absence de Lionel durait depuis deux ans lorsque parvint à Saveuse la demande de la maréchale d'Aubemer ; le marquis fronça le sourcil en la lisant, et se dit en repliant la lettre et la posant résolument sur la table : « Ma petite-fille est mariée. » Sa loyauté cependant ne lui permit pas de disposer du sort de cette charmante enfant sans la consulter et de refuser sans son acquiescement une proposition aussi avantageuse ; il avait de plus remarqué, aussi bien que Caroline, combien les lettres de Lionel devenaient plus rares et plus courtes, tous deux s'en préoccupaient, aucun engagement positif n'existait, et on pouvait de part et d'autre renoncer au mariage sans forfaire à l'honneur, si ce n'est aux procédés, en s'appuyant sur cette parole prononcée dès le premier jour, *si les jeunes gens se conviennent.*

Mademoiselle de Saveuse et sa mère furent donc appelées à prendre connaissance de la lettre de la maréchale, et le marquis somma sa petite-fille de prononcer :

« Vous n'avez pas encore répondu, bon papa ?

— Non, mon enfant, j'attends de savoir ta volonté et celle de ta mère. »

Madame de Saveuse conserva le silence ; mademoiselle de Saveuse la regarda, pensant qu'elle le romprait la première, puis reprit d'un ton parfaitement calme :

« Mais, bon papa, cela ne souffre aucune difficulté ; écrivez à ma tante que je reste à Saveuse et que j'épouse Lionel. »

Le marquis la serra sur son cœur ; toutefois il se crut obligé à lui détailler les avantages qu'elle repoussait, le titre de duc assuré au chevalier d'Aubemer, l'immense existence dont elle jouirait, la brillante situation qui l'attendait à la cour et chez la maréchale... Mademoiselle de Saveuse répondit :

« La plus belle des situations, c'est de rester à Saveuse entre maman et vous, bon papa. »

Et passant ses bras autour de son cou, elle embrassait le vieillard qui l'attirait sur ses genoux en lui prodiguant les plus tendres bénédictions ; madame de Saveuse continuait à se taire ; dans le fond de son cœur, elle trouvait Lionel bien peu digne de posséder le trésor qu'elle lui élevait avec tant de sollicitude ; mais ce trésor serait-il mieux apprécié par un autre et aurait-il plus de chances de bonheur, éloigné de son aile maternelle ? Ces questions elle n'osait les résoudre, et quel que fût le désintéressement de sa tendresse, elle préférait les voir décidées par sa fille.

Mademoiselle de Saveuse, ayant autorisé et prié le marquis de répondre qu'elle ne pouvait accepter l'honneur de l'alliance proposée par sa tante, sortit de cette conférence de famille avec la plus entière liberté d'esprit et de cœur. Non pas ainsi madame de Saveuse ! Elle avait remarqué combien Lionel tenait peu de place dans la décision de la jeune fille ; il arrivait bien après maman, bon papa, et même le séjour de Saveuse ; ce sentiment si calme suffirait-il à remplir une vie destinée à la solitude, et compenserait-il le sacrifice que peut-être on regretterait un jour ? Qui sait enfin si la vanité maternelle de Caroline ne souffrait pas à son insu de voir enfouies dans le fond d'un château de province des grâces qu'elle pensait dignes d'un théâtre plus brillant ?... Quoi qu'il en fût, la demande de madame d'Aubemer lui laissa beaucoup de trouble ; sa fille et le marquis, une fois la réponse partie, n'y songèrent plus.

Les années, en s'écoulant, avaient amené le terme de l'exil de Lionel ; la dernière s'était passée à Rome ; sa belle figure et les airs vainqueurs rapportés d'une garnison, sa résidence précédente, lui avaient valu auprès des Italiennes quelques faciles succès dont il tenait grand état : aussi ne fut-il pas très empressé à profiter de son rappel, et laissa-t-il échapper des soupirs pour la *belle Ausonie*,[1] et pour les sirènes qu'elle enfantait, sous la forme d'une *terza donna*[2] d'opéra-comique, en quelques méchantes strophes ; elles suffirent à calmer ses douleurs ; il se plaignit encore, à ses compagnons de plaisirs, de la tyrannie qui l'arrachait aux pompes de Rome et aux charmes de la signora Nicolina pour l'enterrer dans ses montagnes en l'enchaînant à une rustique cousine, et partit assez consolé et fort content de lui-même selon son usage. Ce contentement fut porté à l'excès par la satisfaction évidente du baron à le trouver devenu si *bel homme*, ainsi qu'il l'exprimait, et l'admiration sincèrement passionnée de sa mère pour sa personne et ses façons. On le produisit pendant quelques jours dans les châteaux voisins, et lui-même s'alla pavaner à Uzerche où il reprit avec un redoublement d'importance la suprématie qu'il exerçait avant ses voyages au cercle des jeunes gens. Ces succès incontestés

---

1 Ancien nom donné à la partie de l'Italie située aux confins du Latium et de la Campanie, puis à l'Italie tout entière (surtout en poésie) (*TLFi*).

2 Par référence ironique à *prima donna*, expression utilisée dans une compagnie d'opéra pour désigner la chanteuse principale – généralement une *soprano* –, à laquelle premier rôle est attribué.

le réconcilièrent avec la province. — Il était d'assez bonne humeur lorsque ses parents l'accompagnèrent au château de Saveuse. Il se rappelait sa cousine assez jolie, et elle lui parut en effet suffisamment bien pour se décider à l'éblouir du déploiement de tout son mérite ; mais il fut un peu étonné de se trouver exactement au même point que le Lionel d'il y avait trois ans ; mademoiselle de Saveuse le traitait avec une cordiale amitié, sans qu'aucune admiration nouvelle lui causât le moindre trouble. Elle le questionnait sur Rome et l'Italie. Lorsque ses réponses étaient satisfaisantes, rationnelles, elle écoutait avec intérêt, réservant sa candide inattention pour les charmants papillonnages qu'il essayait autour d'elle. Trop borné pour apprécier la distinction de cette noble simplicité, il accusait sa cousine d'ignorance, de rusticité, et, malgré les agréments de sa figure, il en était fort peu charmé. — L'intendant de la province, lié depuis longtemps avec le baron de Saveuse, voulut donner un bal pour fêter le retour de Lionel ; les habitants du vieux château durent y assister ; mademoiselle de Saveuse y fut excessivement admirée, tous les jeunes gens de Limoges témoignèrent à Lionel l'envie qu'il leur inspirait en le félicitant de son bonheur. Ces louanges embellirent sa cousine à ses yeux, et il se croyait amoureux de bonne foi, lorsque deux mois plus tard il la conduisit à l'autel où elle jura paisiblement de lui dévouer sa vie. Elle n'avait jamais pensé qu'il en pût être autrement, et sa destinée s'accomplit sans lui causer aucun souci. Les quelques jours donnés aux fêtes des noces passés, la comtesse Lionel revint avec délices à sa vie de douce affection et de studieuse occupation. Cette paisible existence ne suffit pas longtemps à Lionel : sous prétexte de rendre des devoirs à ses parents, il passait une grande partie de son temps chez sa mère, à Grosmenil, à Uzerche, à Limoges, où il était accueilli comme un charmant cavalier par les belles dames du canton, et où ses chevaux, qu'il prêtait quelquefois, et la chasse étendue dont il disposait à Grosmenil aussi bien qu'à Saveuse lui assurait un succès égal auprès des hommes. Cette prépotence à laquelle la bonne compagnie ne l'avait pas accoutumé lui rendait fort agréable le séjour de la province, quoiqu'il professât hautement s'y déplaire beaucoup ; il n'avouait à personne l'ennui dont il avait été atteint à Paris pendant une dizaine de jours qu'il y avait passés peu avant son mariage ; il l'attribuait, à la vérité, aux visites de cérémonies imposées par son père ; c'est alors que le baron le présenta chez madame d'Aubemer ; nous avons déjà constaté quel avait été son succès auprès d'elle.

Dix-huit mois écoulés depuis le mariage de Lionel n'avaient rien changé à l'intérieur du château de Saveuse ; mais le baron était mort, laissant à son fils une jolie fortune et une assez grosse somme d'argent comptant qu'il brûlait d'aller manger librement à Paris. Sous prétexte d'affaires de succession, il obtint l'approbation de sa mère ; elle se chargea d'expliquer au marquis, dont Lionel lui-même respectait les volontés, qu'un changement d'air étant propre à fortifier sa petite-fille, il en résulterait peut-être cet héritier qu'il souhaitait avec tant de passion ; c'était la bonne corde à toucher, et la baronne, avec sa grosse finesse vulgaire, l'avait senti. Une fois cette idée admise par le marquis, il devint le plus zélé partisan du voyage. Caroline n'osa s'y opposer ; sa fille, élevée par elle à ne point faire les événements plus gros qu'ils ne le sont en effet, se résigna sans chagrin à une absence de quelques semaines qui plaisait à son mari et lui montrerait ce fameux Paris dont tous les habitants des provinces se faisaient une si brillante image lorsque les communications, moins faciles, les en tenaient plus éloignés. — Elle n'aurait pas voulu y résider, mais elle était charmée d'aller regarder les lieux dont sa mère l'avait si souvent entretenue, et fit ses apprêts de départ avec la gaieté sereine inhérente à toutes ses actions, la même dont elle accompagnait Lionel jusqu'au bout de l'avenue lors de ses fréquentes excursions dans les environs, la même dont elle saluait son retour, sans se plaindre lorsqu'il l'avait retardé au-delà du terme fixé. — La comtesse Gustave observait le calme de cette âme pure dont elle connaissait toute l'énergie, et tremblait à la pensée de voir troubler une vie fondée tout entière sur un sentiment qui n'existait pas. La comtesse Lionel croyait pieusement aimer d'amour le comte Lionel ; sa mère s'y connaissait mieux et comprenait qu'il n'en était rien ; c'est avec l'inquiétude causée par les réflexions suggérées par cette situation qu'elle écrivit à sa sœur, la maréchale d'Aubemer, la lettre que nous lui avons vue recevoir au moment où commence ce récit.

CHAPITRE III
UNE APPARITION

Près de deux semaines après le jour du bal, madame d'Aubemer, qui avait été à toute extrémité et dans un état de délire continuel, ouvrit les yeux à la suite d'un sommeil léthargique procuré par l'opium et poussa un soupir ; mademoiselle Julie la veillait jour et nuit avec le plus grand dévouement et se pencha sur elle ; la maréchale la reconnut, fit un faible sourire et essaya de tourner la tête, elle crut voir une figure d'ange se dressant derrière sa fidèle camériste et entendit une voix argentine[1] dire : « Profitons de ce moment, c'est l'heure de la potion ; » elle se sentit doucement soulevée ; mademoiselle Julie lui présenta une cuillerée d'une drogue amère, on la replaça soigneusement sur ses oreillers bien relevés, et elle ne tarda pas à retomber dans un sommeil assez calme ; sans se rendre compte à elle-même de ce qui s'était passé, elle avait une pensée confuse d'avoir eu la vision de son bon ange qui la rappelait à la santé. — Quelques heures plus tard la maréchale se réveilla tout à fait ; la nuit

---

1 Qui a le son clair de l'argent, le métal, lorsqu'on le fait tinter.

était venue ; une lampe, entièrement voilée de son côté, jetait sa clarté sur une jeune femme qui, le front appuyé sur sa main, lisait à cette lumière ; des boucles des plus beaux cheveux blonds tombaient sur cette main d'une blancheur éblouissante et voilaient en grande partie le visage ; on pouvait suivre cependant le contour du bel ovale des joues. La maréchale resta quelque temps à considérer ce tableau, se disant intérieurement : « Si c'est une hallucination de la fièvre, elle est du moins plus agréable que les hideux fantômes dont j'ai été poursuivie ces jours-ci. » — Un léger mouvement dans la chambre fit relever la tête à la charmante apparition et montra des traits d'une rare perfection ; elle répondit d'un signe négatif à la demande faite à voix basse par mademoiselle Julie qui venait reprendre son poste au pied du lit de la malade. La maréchale l'appela ; aussitôt la figure de la lampe se leva sans bruit, se glissa dans l'obscurité et disparut aux yeux de madame d'Aubemer.

« Julie, qui est cette jeune femme ?

— Quelle jeune femme, madame ?

— Là, près de la table ?

— Je ne vois rien, madame. »

La maréchale, trop faible pour discuter, n'insista pas. La nuit fut bonne ; à leur première visite du matin les médecins déclarèrent le danger conjuré si on maintenait le calme et le silence. On aurait entendu voler une mouche dans cette vaste maison, tant les ordres de la faculté étaient scrupuleusement exécutés par le dévouement de ses habitants : les gens de madame d'Aubemer, anciens serviteurs pour la plupart, grognaient parfois, mais ils lui étaient profondément attachés.

La maréchale se trouvait dans cet état de somnolence résultat d'une grande faiblesse, mais qui laisse l'usage des facultés, lorsque des sons murmurés à la porte de sa chambre appelèrent son attention, et, soulevant un peu sa tête, elle aperçut dans une glace qui les reflétaient, mademoiselle Julie parlant avec la jeune personne de la veille au soir ; mais cette fois elle avait un chapeau, un mantelet, un costume de dame en visite. Le colloque dura suffisamment longtemps pour fatiguer l'attention de la malade ; elle retomba dans son assoupissement. La fièvre ne revint pas le soir ; les médecins permirent quelque peu d'alimentation, et le lendemain ils proclamèrent l'entrée en convalescence. Grande fut la joie à l'hôtel d'Aubemer et, parmi les nombreux amis de la maréchale, madame de Montford obtint seule l'autorisation de la voir quelques minutes ; après sa visite, madame d'Aubemer, s'adressant à mademoiselle Julie, lui dit :

« Je sais très bien que j'ai eu le délire, et Dieu sait que j'ai vu, et peut-être dit, des choses fort extravagantes ; mais je ne l'avais plus lorsque j'ai aperçu jusqu'à trois fois bien distinctement une jeune personne que j'ai une idée confuse d'avoir vue autour de moi pendant que j'étais le plus malade. Ne me traitez pas comme une folle, je vous prie, en cherchant à me le nier.

— Comment madame a-t-elle pu faire pour la voir ?

— Mon Dieu, j'ai regardé ; mais pourquoi d'ailleurs me le dissimuler ?

— Madame déteste tant les figures nouvelles.

— Ah ! des figures comme cela !.. où est-elle ?

— Nous craignions tant que sa présence ne déplût à madame, et nous pensions l'avoir si bien cachée !

— Mais enfin, qui est-ce ? je veux le savoir.

— Hé bien, madame, ne vous agitez pas comme cela… c'est, puisqu'il faut vous le dire, c'est madame la comtesse Lionel de Saveuse.

— Quoi ! ma nièce avec cette figure d'ange !

— Ah ! madame peut bien le dire, et elle en a plus que la figure, car c'est un ange en effet.

— Comment, c'est là ma nièce ! … Si elle revient, il faudra la laisser entrer dans ma chambre.

— Oh ! cela ne tardera guère, » reprit mademoiselle Julie en regardant la pendule, « elle n'est jamais deux heures absente. »

Bientôt, en effet, la comtesse Lionel fut introduite chez la maréchale ; elle ne fit aucune explosion de sentiment, ne prononça aucune phrase arrangée, se contenta de baiser la main que sa tante lui tendit et s'assit tranquillement près du lit. Madame d'Aubemer, désirant la mieux voir, lui demanda si son chapeau ne la gênait pas ; elle l'ôta aussi bien que son mantelet, les déposa au loin et reprit, dès ce moment, le service de la malade.

« Je crois me rappeler avoir vu cette petite main et même cette bague bleue au milieu de beaucoup moins agréables visions, » dit la maréchale en touchant les mains de sa nièce pendant qu'elle lui donnait à boire.

« Ah ! madame peut d'autant plus en être sûre, » s'écria mademoiselle Julie, « qu'elle ne s'est guère éloignée des alentours de ses oreillers pendant dix jours, et... » Un regard impératif de madame de Saveuse trancha ce discours ; après avoir posé la tasse, elle s'approcha de la cheminée, s'assit dans un fauteuil, prit un livre, et sembla attentive à sa lecture, mais le moindre mouvement lui faisait lever la tête et la montrait prête à retourner vers le lit. Madame d'Aubemer, encore beaucoup trop faible pour pouvoir converser, n'en remarquait pas moins ces soins si paisiblement intelligents, et lorsque la comtesse Lionel lui demanda en s'en allant vers la fin de la matinée :

« Reviendrai-je ce soir, ma tante ? »

Elle comprit qu'elle la payait de son dévouement en répondant également, simplement : « Oui, mon enfant. »

Madame de Saveuse se retira dans une satisfaction que mademoiselle Julie ne partagea pas ; le *Oui, mon enfant,* lui paraissait bien laconique ; elle avait pris sous sa protection spéciale la jolie nièce de la maréchale et brûlait d'en parler ; aussi, dès qu'elle ne fut plus là pour lui imposer silence, elle raconta en hâte comment elle avait passé les journées près de sa tante et plusieurs fois les nuits, afin qu'elle, Julie, pût prendre un repos devenu presque indispensable, mais qu'elle aurait certainement refusé si toute autre personne avait du inspecter le service de la chambre ; comment elle seule avait su conserver la tête lorsque tout le monde l'avait perdue, comment elle réussissait à calmer madame d'Aubemer dans les plus forts accès de son délire, comment les médecins s'en référaient à ses rapports plus qu'à ceux de la garde attitrée, placée par eux auprès de la malade, et qu'il avait fallu congédier parce que ces soins étrangers, cette *nouvelle figure* l'irritaient... enfin, elle raconta tant et si bien qu'elle réussit à beaucoup agiter sa maîtresse. S'apercevant tout à coup de l'altération et de la rougeur du visage, elle en fut désespérée, lui donna une cuillerée de potion et lui recommanda le repos. Malgré cette prescription tardive, madame de Saveuse trouva sa tante moins bien qu'elle ne l'avait laissée ; les médecins constatèrent de l'élévation dans le pouls, ils en accusèrent le bouillon de poulet qu'ils ordonnèrent plus léger ; mademoiselle Julie garda son propre secret, ne changea rien au bouillon et se promit d'être plus circonspecte à l'avenir ; la maréchale se calma petit à petit sous l'influence salutaire de madame de Saveuse ; elle s'endormit en lui tenant la main, et lorsqu'une heure après elle s'éveilla, le mouvement fébrile avait disparu ; le bouillon, dans toute sa force, fut pris avec plaisir et la nuit se passa bien.

Bientôt ce fut le tour de madame de Montford à raconter combien madame de Saveuse avait été assidue et charmante, et la place qu'elle s'était assurée dans son cœur par les tendres soins rendus à sa tante. Cette fois la maréchale sentit accroître sa reconnaissance, mais l'agitation ne s'y joignit pas :

« Je trouve, » dit madame de Montford, qui avait été élevée au même couvent que mesdemoiselles d'Élancourt, « je trouve, ma chère, que madame de Saveuse vous ressemble beaucoup.

— Vous me faites trop d'honneur, je n'ai jamais eu des cheveux et un teint comme cela... Il y a des moments, au reste, où elle me rappelle sa mère, quoiqu'elle soit infiniment plus jolie.

— Beaucoup plus que Caroline, assurément ; mais je n'admets pas qu'elle surpasse *la belle Émilie* ; vous étiez superbe, ma chère.

— Et mademoiselle de Lillebonne était ma rivale, » reprit la maréchale en souriant, « et cependant nous n'étions pas trop jalouses l'une de l'autre.

— Non, en vérité. »

Et ces deux beautés contemporaines se livrèrent au plaisir, si naturel, de rappeler ses jeunes années avec ceux qui les ont traversées dans la même sphère et en conservent les mêmes souvenirs.

La convalescence de madame d'Aubemer s'établissait, accompagnée de l'ennui inhérent à un état où les forces ne répondent pas encore à l'emploi qu'on en voudrait faire. Madame de Saveuse se montra aussi habile à combattre cette langueur morale qu'elle l'avait été vis-à-vis des souffrances physiques. La maréchale, pour laquelle aucune de ses attentions n'étaient perdues, l'observait avec une affectueuse curiosité qui donnait de l'intérêt à son oisiveté forcée : aussi, dès que la comtesse Lionel s'absentait, retombait-elle dans l'anéantissement. Elle aurait trouvé une sorte d'égoïsme à en convenir, mais mademoiselle Julie ne manquait pas d'en faire la remarque, de sorte que la jeune comtesse ne quittait presque plus l'hôtel d'Aubemer. Un jour elle lut à la maréchale un petit écrit déposé à sa porte et celle-ci remarqua combien sa voix était juste et sa diction pure :

« Si cela ne vous fatigue pas, ma tante, je suis fort dans l'usage de faire la lecture à mon grand-père et je puis lire autant que vous voudrez. »

Madame d'Aubemer accepta avec empressement, désireuse qu'elle était de juger les goûts et les opinions de sa nièce sur les divers sujets que les livres pourraient susciter, et bien aise aussi d'employer quelques-uns des moments qui lui pesaient. On envoya chercher les volumes épars dans le salon, la plupart étaient des ouvrages nouveaux ; dans le nombre on apporta le discours académique dont nous avons déjà parlé ; sa vue inspira comme un remords à madame d'Aubemer ; elle se rappela l'irritation qu'elle ressentait, la dernière fois où elle avait ouvert cette brochure, contre la charmante créature qui maintenant l'entourait de si aimables attentions. Ce contraste lui causa de l'émotion, et, suspendant son examen des livres posés sur sa chaise longue, elle regarda tendrement la comtesse Lionel en lui demandant comment lui était advenue la bonne pensée de soigner aussi affectueusement une vieille femme qui lui était trop, beaucoup trop, étrangère.

« Ah ! ma tante, le premier jour où je vous ai aperçue couchée là, au fond de votre lit, et aussi longtemps que vous avez été bien malade, vous ressembliez tant à maman ! »

La maréchale sentit alors tomber une larme sur la main qu'elle avait tendue à sa nièce et que celle-ci baisait ; mais, se trouvant un peu froissée de cette tendresse de reflet, elle la retira doucement. Cependant, comme elle était au fond une personne éminemment raisonnable, un instant de réflexion lui rappela qu'elle n'avait aucun droit à inspirer un sentiment plus direct ; elle reprit, mais malgré elle, un peu plus froidement :

« Est-ce que je ne ressemble plus à votre mère ?

— Ah ! bien moins à présent ; vous êtes plus belle, plus parée, plus élégante, plus jeune…

— Je suis pourtant son aînée.

— C'est possible, mais vous ne le paraissez pas ; je ne regrette assurément pas l'amélioration de votre état, mais je vous aimais bien avec ce regard mélancolique, doux, un peu vague, si semblable à celui de maman.

— Si bien que lorsque j'aurai repris ma santé, et ma beauté, comme vous dites, vous ne m'aimerez plus du tout.

— Oh ! si fait, ma tante, vous êtes si bonne pour moi !

— C'est vous, mon enfant, qui avez été bonne pour moi jusqu'à présent, mais… »

La maréchale n'acheva point, par délicatesse, la phrase qui était sur ses lèvres aussi bien que dans son cœur, et après un instant d'hésitation, elle ajouta :

« Mais nous ferons plus ample connaissance ; tenez, ma chère petite, voilà un poème qu'on m'a vanté dernièrement ; aimez-vous les vers ?

— Quand ils sont très beaux, ma tante, je les préfère à la prose ; mais en général je trouve que la poésie est comme le violon, pas plus que lui elle ne supporte la médiocrité ; quand elle ne s'élève point au sublime et racle sur les cordes, elle me fait grincer les dents, » répondit-elle en montrant deux rangées de perles orientales qui plurent à la maréchale encore beaucoup plus que les paroles, quoiqu'elles rentrassent assez dans sa manière de penser.

Le crédit de sa nièce sur madame d'Aubemer fut hautement signalé par la bonne réception faite au comte Lionel lorsque sa femme demanda la permission de l'amener un matin. Malgré le désir de le trouver mieux qu'il ne lui avait autrefois semblé, il déplut tout autant à la maréchale ; mais la comtesse Lionel paraissant le voir avec plaisir, l'écouter avec satisfaction, elle l'engagea à revenir aussi souvent qu'il lui conviendrait ; il n'abusa pas de la permission et ne reparut pas de bien des jours sans que madame de Saveuse eût l'air de s'en inquiéter ou de s'en attrister ; deux ou trois fois seulement elle fit ses excuses en nommant le spectacle où il était allé.

Cependant les forces de madame d'Aubemer revenaient et lui permirent bientôt de recevoir ses habitués les plus intimes : c'étaient, pour la plupart, des gens d'un esprit distingué ; le rôle de madame de Saveuse changea ; l'activité qu'elle avait déployée jusque-là fut remplacée par cette attention intelligente qui sied si bien aux jeunes femmes admises dans le cercle de personnes supérieures, elle ne tarda pas à en devenir l'idole ; ses grâces, sa beauté, son naturel surtout y charmaient, et les vieux amis de la maréchale lui savaient un gré infini de se plaire si évidemment auprès d'eux. En se familiarisant petit à petit, elle laissa voir les trésors intellectuels qu'une éducation sédentaire lui avait fait acquérir sans qu'elle même en eut la conscience, et chacun de ces hommes distingués se plut à développer un si heureux naturel accompagné d'une si grande simplicité. La duchesse de Montford, la seule admise encore à ces réunions intimes, raffolait de madame de Saveuse et la vantait perpétuellement dans le monde sans réfléchir qu'elle lui préparait l'inimitié des autres jeunes femmes ; déjà on commençait à la désigner sous le nom de la merveille d'Uzerche et de la muse du Limousin.

Quelques semaines s'écoulèrent ainsi ; le salon de madame d'Aubemer s'était rouvert graduellement ; les visiteurs, plus nombreux, rendaient les soirées bien moins intéressantes, madame de Saveuse en fit la remarque à sa tante :

« Je vois, ma chère enfant, » lui répondit-elle en souriant, « que vous traitez mon salon comme moi, vous nous aimez mieux en bonnet de nuit ; mais, » ajouta-t-elle plus sérieusement, « la conversation est comme toutes les autres jouissances, il ne faut pas l'user ; elle doit arriver par hasard, imprévue, naturellement, quand les circonstances se trouvent propices et que les causeurs se rencontrent sans dessein, car alors ils portent des paroles attachantes comme les arbres portent des fruits et elles arrivent à leur temps. Pendant que j'étais très faible et que ces messieurs se réunissaient en petit nombre autour de ma chaise longue, la conversation, j'en conviens volontiers, était en effet plus nourrie et plus brillante : ce moment a été pour eux-mêmes comme une saturnale[1] d'esprit ; ils étaient sûrs de n'être point dérangés, point interrompus, quoique cependant bien écoutés, bien appréciés... et puis, ma chère petite, mes vieux amis posaient un peu devant vos beaux yeux.

— Ah ! ma tante !

— Oui, ma nièce, c'est comme cela ; mais eux-mêmes se seraient promptement blasés sur cette nécessité de toujours

---

1 Les Saturnales étaient durant l'antiquité romaine des fêtes se déroulant durant la période proche du solstice d'hiver, célébrant le dieu Saturne et accompagnées de grandes réjouissances populaires, au cours desquelles les esclaves jouissaient d'une apparente et provisoire liberté. Le terme ne s'emploie normalement qu'au pluriel, aussi l'usage qu'en fait l'auteur est tout à fait... singulier.

produire, nos réunions auraient dégénéré en bureau d'esprit et rien ne tue davantage l'esprit véritable. Croyez-en mon expérience, la conversation est alternativement la chose la plus tenace et la plus fugitive du monde ; quelquefois elle s'établit obstinément, en dépit de toutes les interruptions, surmontant tous les obstacles ; plus souvent le vol d'une mouche, un fauteuil déplacé la dérangent ; faut-il s'en affliger démesurément ? Non, du tout ; elle reprendra à son temps, demain, tout à l'heure, et le vol de cette mouche, ce fauteuil déplacé lui auront peut-être fourni un autre texte qui la rajeunira et lui procurera de nouvelles grâces. Ce qui est nécessaire à la conversation, ce sont des gens distingués, qui s'y plaisent, mêlés à quelques savants et à une certaine proportion de femmes et de personnes un peu futiles, mais intelligentes ; après cela, laissez faire, moins on la conduira, plus elle trouvera son chemin. Lorsque je serai complètement rentrée dans ma vie accoutumée, je veillerai davantage, et vous verrez les entretiens que vous regrettez commencer alors que l'heure des visites insignifiantes est passée. Toutefois, ma chère petite, j'ai remords à la vie que vous menez à Paris ; vous n'y êtes pas venue pour être sœur grise[1] et recluse ; il faut que vous alliez dans le monde : je ne puis vous y présenter moi-même, mais madame de Montford vous y mènera, et vous ne pouvez y paraître plus agréablement qu'avec elle.

---

1 Connues sous le nom des Sœurs Grises, l'Ordre des Sœurs de la Charité de l'Hôpital Général de Montréal (actuellement Sœurs de la Charité de Montréal) est une congrégation religieuse catholique romaine fondée par Marie-Marguerite Dufrost de Lajemmerais d'Youville en 1737. La référence reste étonnante.

— Je vous assure, ma tante, que vous me puniriez fort en m'exilant de votre salon : je vais le matin avec Lionel voir les monuments et les établissements publics, cela suffit de reste à ma curiosité de provinciale, et je ne trouverai nulle part le même agrément que chez vous.

— Hélas, mon enfant, je n'ai pas courage à vous violenter pour me priver de vous ; mais j'entends pourtant que vous assistiez à cette fête de l'ambassadrice dont on parlait tantôt, elle sera très belle et c'est une excellente occasion pour débuter brillamment.

— Mais, ma tante, répondit madame de Saveuse, ne comprenant même pas dans sa naïve modestie le sens attaché par la maréchale à ces paroles, « mais, ma tante, il serait très fâcheux que tout ce brillant du monde me séduisît, car ma retraite sera bien rapprochée de mon début. »

La maréchale sourit, mais elle éprouva de la tristesse en songeant combien la présence de sa nièce était temporaire, et ses souvenirs, se reportant sur les personnes qu'elle avait successivement aimées et perdues, s'arrêtèrent à sa sœur. La maladie, et la faiblesse d'une fort longue convalescence, l'avaient jusque-là empêchée de répondre à sa lettre ; elle s'assit pour la première fois à son bureau, et, déjà disposée à l'attendrissement, épancha son âme avec plus d'abandon qu'il ne lui était ordinaire, revint sur leur affection de jeunesse, sur le chagrin de l'éloignement, de la longue séparation, et parla de la comtesse Lionel en termes faits pour trouver de l'écho dans le cœur maternel de Caroline.

Lionel de Saveuse dînait assez fréquemment chez la maréchale. Elle faisait bonne chère et il y était sensible ; mais surtout il avait recueilli que dîner à l'hôtel d'Aubemer passait pour être fort à la mode et cela l'y encourageait. Il s'y ennuyait mortellement, n'y faisant aucune espèce d'effet, et n'y restait jamais pendant la soirée, mais venait parfois chercher sa femme pour la ramener chez elle. Entraînée un soir par l'intérêt d'une discussion sur la littérature, elle avait retenu Lionel plus tard qu'il ne comptait. À peine assis en voiture il lui dit avec humeur :

« Je vous déclare que je ne veux pas subir le ridicule d'être montré au doigt comme le mari d'un bas-bleu[1] !

— En vérité, mon cher ami, vous êtes tout à fait à l'abri de ce danger, » reprit-elle en riant ; « je suis bien trop ignorante pour vous faire courir ce risque ; mais il n'y a, je vous assure, ni prétention, ni pédanterie dans les discours que j'écoute avec tant de plaisir... Quoi ! vraiment, Lionel, cela ne vous amuse pas ?

— Non, cela m'ennuie à la mort.

— Je suis fâchée que vous n'ayez pas entendu le président de Brosses[2] raconter hier l'Italie et cette Rome que vous regrettez si souvent ; il m'a expliqué une quantité de choses que je ne comprenais pas, il vous aurait fort intéressé.

— Je n'entends rien aux lois et n'ai nulle envie de m'en casser la tête ; je laisse les gens de robe discuter les codes devant les femmes qui veulent se donner des ridicules.

— Vous êtes tout à fait dans l'erreur, mon cher ami ; le président a parlé de monuments, de galeries, de statues, de ta-

---

1 *Péjoratif*. Femme savante, d'une pédanterie ridicule. *Cf.* l'introduction.
2 Charles de Brosses (1709-1777), magistrat, historien, linguiste et écrivain français. *Cf.* l'introduction.

bleaux, de l'aspect du pays, de l'état actuel des arts et de la littérature, des mœurs, des usages, il a raconté des anecdotes très piquantes, et je suis persuadée que vous l'auriez écouté avec autant de plaisir que moi ; il n'y a pas eu, je vous jure, une seule parole que je n'aie parfaitement comprise, c'est assez vous prouver qu'il n'a été question ni de codes, ni de *sciences transcendantes*, comme vous disiez l'autre jour. »

Lionel, un peu déconcerté de n'avoir ni courroucé sa femme, ni réussi à lui imposer par son ton maussade et impérieux, garda le silence ; madame de Saveuse lui adressa une question indifférente, il y répondit avec un peu d'humeur, mais elle se dissipa n'ayant point où se prendre. La grande terreur de Lionel était de paraître *un provincial* et les soins qu'il prenait contre ce malheur le rendaient inévitable.

Il partageait son temps entre deux sociétés : l'une qu'il tenait de ses relations de parenté et où il allait par prétention en s'y ennuyant fort, parce qu'on y faisait peu d'état de sa personne ; l'autre composée de quelques familles originaires du Limousin et de jeunes gens un peu subalternes, où il était reçu avec de grands égards. Il se pavanait à y raconter ce qu'il entrevoyait dans les salons plus élégants et se faisait écouter comme un oracle ; c'était là qu'il se plaisait le mieux et arrangeait *des parties* de promenades et de spectacle sans se douter que *ces parties* et les minauderies des femmes qu'il accompagnait, toutes parisiennes qu'elles pouvaient être nées, l'estampillaient provincial au premier chef. L'installation presque complète de madame de Saveuse chez la maréchale lui convenait parfaitement jusque-là ; mais depuis quelques jours la princesse Simon de Montford s'était mise à faire des avances au beau provincial ; elle le voulait, disait-elle, pour tambour-major à la cohorte de ses adorateurs, s'en moquait hautement, même devant lui, et travaillait assidûment toutefois à lui tourner la tête. Un instinct secret de jalousie contre madame de Saveuse, dont l'éloge l'importunait dans la bouche de sa belle-mère, l'avait portée à ce caprice, et sa méchanceté naturelle lui faisait chercher à indisposer Lionel contre une femme qui lui déplaisait sans qu'elle l'eût jamais vue. Ce soir-là même, dans sa loge à l'Opéra, où M. de Saveuse avait tenu à grande faveur d'être admis, elle avait fait mille quolibets sur la pédanterie du salon de madame d'Aubemer, sur le soin que toutes les jeunes femmes prenaient de le fuir et sur le ridicule qui s'attachait à celles qui s'y, plaisaient. La princesse Simon n'avait pas ajouté combien elle-même y était froidement accueillie. Henri d'Estouteville, pour lui complaire, ou par la fantaisie du moment, s'était emparé de ses idées et avait professé l'horreur du bel esprit, déclarant une femme bas-bleu si parfaitement ridicule que la couleur en déteignait jusque sur le mari ; quant à lui, disait-il négligemment, il ne permettrait jamais à la sienne de porter la science au-delà de l'étude de l'entrechat battu. Or, Henri d'Estouteville, c'était l'étoile Polaire de Lionel de Saveuse ; un mot sorti de sa bouche lui servait de guide, et il ne s'apercevait pas que Henri en laissait souvent tomber sans y attacher la moindre importance, se divertissait parfois à soutenir des paradoxes absurdes par pur désœuvrement, et mettait, peut-être, un peu de malice à essouffler l'élégant d'Uzerche dans sa course à vouloir suivre la légèreté de l'élégant de Paris. Quoi qu'il en fût, les propos tenus à l'Opéra avaient valu à madame de Saveuse la petite scène que nous avons rapportée et dont elle ne conserva ni rancune ni souvenir.

Chapitre IV
Un bal

La fin du carnaval amena le jour destiné à la fête de l'ambassadrice d'Angleterre, ce devait être la dernière aussi bien que la plus splendide de la saison[1] et les belles dames se mettaient sous les armes[2] pour y briller.

Dès le matin une première demoiselle de mademoiselle Augustine[3], la couturière en renom, avait apporté chez madame de Saveuse un délicieux habit de bal en s'informant à quelle heure elle devrait venir l'habiller et prévenant que *mademoiselle* en personne, jetterait le dernier coup d'œil sur la toilette de madame la comtesse. Celle-ci se serait volontiers refusée à toutes ces obligeances si elle n'y avait reconnu

---

1 La « saison » des bals se termine avec le début du carême de Pâques.

2 *Familier.* Être, se mettre sous les armes. En parlant d'une personne, plus particulièrement d'une femme : déployer tous les moyens pour plaire et pour séduire (*TLFi*). L'expression s'emploie aussi à propos d'une troupe qui a pris les armes pour faire quelque service, ou pour rendre quelque honneur. *Dictionnaire de l'Académie Française*, 6ᵉ édition, 1835. On voit sans trop de difficulté comment on est passé du sens propre militaire au sens figuré.

3 Il semble que le personnage soit inventé.

la sollicitude de sa tante. Elle accepta donc en indiquant une heure qui surprit fort la demoiselle de mademoiselle Augustine, accoutumée à voir les dames, vêtues d'aussi élégants costumes, n'arriver au bal que lorsque leur entrée y pourrait faire sensation ; mais madame de Saveuse projetait d'aller attendre à l'hôtel d'Aubemer le moment où madame de Montford la devait mener à l'ambassade d'Angleterre, sans penser au danger de froisser sa robe, et la duchesse l'avait fixé plus tôt que ne l'aurait désiré la maréchale ; car, malgré un très grand fonds de bon sens, elle était trop femme du monde pour ne pas désirer à sa favorite ce qu'elle appelait un *brillant début* ; elle savait que pour l'obtenir il fallait montrer une légère teinte d'originalité, et, à cet effet, elle voulait qu'avec la robe de mademoiselle Augustine, exécutée dans le goût le plus pur de la mode du jour et ajustée par cette classique personne elle-même de façon à défier toute espèce de critique féminine, la comtesse Lionel conservât sa coiffure accoutumée, pour être plus jolie, et aussi pour attirer l'attention ; cette coiffure, composée de nattes lâches, de grosses boucles, et ne pouvant s'imiter qu'avec d'aussi magnifiques cheveux, devait rester à peu près individuelle à madame de Saveuse et lui assurer un effet durable. Le difficile était de la faire entrer dans cette spéculation ; la maréchale le sentait bien ; aussi manœuvra-t-elle fort habilement. Elle avait réussi à faire raconter devant sa nièce plusieurs traits de l'inexactitude des coiffeurs de Paris, et lorsque celle-ci vint le matin la remercier de sa charmante robe, madame d'Aubemer lui dit d'un air indifférent :

« J'ai pensé, mon enfant, qu'il ne serait pas poli de faire attendre madame de Montford, qui a la bonté de vous mener, par une de ces négligences de coiffeur dont on nous parlait ces jours-ci, et, dans le cas où le vôtre manquerait, il n'y aurait point d'inconvénient à relever vos cheveux selon votre habitude journalière ; seulement, pour avoir l'air suffisamment parée, vous remplaceriez votre peigne d'écaille par celui-ci ; vous seriez ainsi très convenablement. »

Elle remit à madame de Saveuse un superbe peigne en diamants et ne parla plus de la coiffure. Lionel était aussi fort occupé de la toilette de sa femme et très anxieux qu'elle ne lui fît pas la honte de paraître provinciale. Il avait étudié de son mieux la parure de la princesse Simon à un dernier bal et aurait voulu obtenir qu'elle fut imitée ; mais son récit, sans ensemble, ne satisfaisait pas au goût pur de madame de Saveuse, et lui-même se vit forcé de convenir que l'habit choisi par la maréchale était très élégant, quoiqu'il le trouvât un peu trop simple. Le coiffeur n'arrivait pas ; il n'avait garde, la maréchale l'ayant fait prévenir que ses talents n'étaient plus réclamés. Lionel se désolait. Madame de Saveuse remarqua paisiblement combien ce fameux M. Hubert justifiait l'inexactitude dont on l'accusait, et, malgré les supplications de Lionel, qui voulait en envoyer chercher un autre, elle se mit à sa toilette pour accomplir, sans se douter du motif, les intentions de sa tante. L'éclat du peigne réconcilia un peu Lionel à la beauté des tresses, mais il répétait en soupirant :

« Personne n'est coiffée comme cela, vous aurez l'air provincial, très provincial !…

— Eh bien, mon cher ami, le grand malheur ! Pourquoi n'aurais-je pas l'air d'une provinciale, arrivant si récemment du Limousin où je suis née ?… Je ne serai certainement pas ridicule, puisque ma tante, qui connaît mieux les usages que nous, m'a autorisée à paraître comme cela si le précieux M. Hubert n'arrivait pas à temps. Vous conviendrez que si Babet et moi, n'y entendant pas plus l'une que l'autre, nous essayions de chiffonner cette gaze et ces guirlandes sur ma tête, nous nous y prendrions fort mal ; c'est bien alors que vous me trouveriez l'air emprunté. »

L'arrivée de la première demoiselle, suivie bientôt de mademoiselle Augustine en personne, qui prononça la coiffure délicieuse, ravissante, adorable, destinée à faire fureur, et qui, après avoir tourné autour et replacé quelques épingles, déclara madame la comtesse mise à peindre et coiffée comme un ange, rassura Lionel ; il se promit cependant de n'arriver que tard au bal, d'abord parce qu'il avait remarqué que c'était dans les habitudes de Henri d'Estouteville, et puis pour ne pas assister à l'entrée de sa femme dont il redoutait l'effet. Parfaitement calme en revanche et ne songeant nullement en devoir produire d'aucun genre, madame de Saveuse se rendit à l'hôtel d'Aubemer. Élevée dans un cercle restreint, parmi des gens bienveillants qui avaient vu croître ses grâces sans les remarquer un jour plus que l'autre, et partageant leur inattention à cet égard, elle était accoutumée à être aimée plus qu'admirée, se savait jolie sans y penser, et c'était très sincèrement qu'elle débutait dans le monde comptant sur l'obligeance générale, mais ne cherchant aucun éclat et satisfaite de faire nombre dans la foule. Une seule fois, au bal de l'intendant de Limoges, sa beauté avait attiré tous les yeux, elle ne s'en était pas rendu compte, mais se rappelait s'y être fort amusée ; elle ne s'épouvantait donc pas de l'idée d'un public parisien, n'ayant jamais imaginé, dans sa candeur naïve, y pouvoir être remarquée ; elle songeait seulement que, ne connaissant personne, elle ne serait pas priée à danser, que cela ferait beaucoup de peine à Lionel et aussi un peu à elle, car elle aimait fort la danse : c'était là sa principale inquiétude ; elle ne fut partagée par aucun des amis de la maréchale lorsque madame de Saveuse parut dans son salon avec le visage d'Hébé et la démarche d'une nymphe, belle de sa simplicité et sans apparence d'affectation ou de minauderie.

La maréchale jouissait en plein du succès de sa ruse en regardant l'ensemble charmant qu'elle avait sous les yeux, et lorsque sa nièce fut sortie à la suite de la duchesse de Montford, elle ne put résister à s'extasier sur sa bonne grâce, son air noble et distingué :

« Je l'attendais à cette dernière épreuve pour la proclamer complètement femme de haute compagnie, » dit-elle, « il faut en général un extrême usage du monde, que bien des gens n'acquièrent jamais, pour porter la grande toilette avec cette aisance et cette simplicité, mais cette petite devine tout par intuition. »

L'exemple donné par la maréchale fut suivi de grand cœur par les habitués de la maison, et on ne tarit pas sur l'éloge de la charmante danseuse qu'on venait d'expédier à l'hôtel d'Angleterre ; elle y devait rencontrer la marquise de Rieux, fille de madame de Montford, qui lui donnerait son appui secourable dans ce monde inconnu.

L'entrée de madame de Saveuse fit sensation ; son nom et son titre de nièce de la maréchale d'Aubemer circulèrent dans la salle avant même qu'elle y put pénétrer. Monsieur de Rieux, requis par sa belle-mère, la conduisit à la contredanse qui commençait, et bientôt se forma autour d'elle un groupe qui ne cessait de s'accroître. Sans doute un maître de ballet aurait trouvé fort à reprendre à sa danse, mais tous ses mouvements étaient nobles et gracieux, son joli pied frappait la plus exacte mesure, et, sans qu'elle s'élevât beaucoup de terre, on la sentait légère. Des murmures approbateurs circulaient autour d'elle en paroles courtoises trop hautement prononcées pour que sa modestie pût l'empêcher de se les appliquer. Dès qu'elle se vit l'objet d'une admiration si imprévue, la timidité, l'embarras, s'emparèrent d'elle et, comme elle était trop gracieuse pour être gauche, lui donnèrent un nouveau charme ; elle chercha l'égide protectrice de madame de Montford avec d'autant plus d'empressement que madame de Rieux, un peu impatientée des succès de cette nouvelle venue, ne lui fit point place auprès d'elle ; madame de Saveuse se réfugia près de la table où la duchesse jouait dans un salon assez abandonné qui ne tarda pas à se trouver fort rempli : les femmes y passaient pour regarder cette merveille improvisée ; les hommes y séjournaient pour la contempler, et la comtesse Lionel ne devait plus craindre de manquer de danseurs : Henri d'Estouteville avait été le premier à s'offrir, et grande fut la satisfaction de M. de Saveuse lorsqu'on arrivant il vit, dansant avec sa femme, cet élégant d'Estouteville qui n'accordait guère une pareille faveur que comme une grâce spéciale. Les engagements se succédaient et se croisaient au point d'embarrasser notre jeune débutante ; elle savait théoriquement qu'il fallait les accomplir à leur rang d'inscription, mais, tous les visages lui étant également étrangers, elle craignait de se tromper ; déjà elle avait manqué faire une confusion où la duchesse s'était interposée pour calmer des prétentions trop vivement énoncées, cela la troubla ; puis elle vit toutes les autres jeunes femmes réunies entre elles et formant des groupes : dans tous on l'examinait, aucun ne s'ouvrait pour l'admettre ; son isolement la frappa péniblement et acheva de la déconcerter. L'aspect de Lionel lui avait causé une sensible joie, c'était un protecteur, un appui, un ami au milieu de cette foule inconnue ; mais Lionel était beaucoup trop bien appris pour s'approcher de sa femme en public ; il se tenait fort au loin sous la bannière de la princesse Simon de Montford. Madame de Saveuse, découragée et embarrassée, se décida, sous prétexte de la chaleur, à ne plus rentrer dans la salle de bal, et se fixa près de madame de Montford, regrettant dans son cœur le salon de sa tante et plus encore le château de Saveuse.

On continuait bien a venir la regarder comme la curiosité du jour, mais elle en était plus intimidée que flattée, et sa solitude devenait complète à mesure que la duchesse s'absorbait davantage à son jeu. Jamais elle ne s'était sentie dans une position aussi désagréable que pendant cette soirée de son triomphe. Henri d'Estouteville s'approcha et paria pour se mêler au jeu de la duchesse ; il s'intéressa tellement à la partie que bientôt il s'assit près de la table pour la mieux surveiller ; bientôt aussi il ne s'occupa plus que de la comtesse Lionel, et bientôt encore celle-ci oublia complètement de s'ennuyer et vit recommencer un nouveau rubber[1], après celui dont elle souhaitait si dévotement la fin, sans en éprou-

---

1 Le jeu en question n'est pas cité ici (il sera mentionné à un autre moment plus loin dans le roman), mais il s'agit du whist, l'ancêtre du bridge. Un *rubber* est alors ce qui n'a pas encore été francisé en robre. Le whist se joue à la base en une partie liée, un robre qui consiste en deux manches de dix points, gagnées par la même équipe. Si une équipe gagne les deux premières manches, elle gagne le robre, sinon on joue une troisième manche – appelée belle en français – pour départager les deux équipes.

ver la moindre contrariété. Pendant ce temps, le bal continuait avec beaucoup d'entrain, et madame de Saveuse était à peu près oubliée, si ce n'est par la princesse Simon qui l'avait aperçue causant avec Henri et que les empressements de Lionel n'occupaient guère. Madame de Rieux s'étant approchée, elle lui dit :

« Notre mère a singulièrement mis de côté, ce soir, son adage favori, qu'il est de mauvaise compagnie de *chercher à étonner les indigènes*, ne trouvez-vous pas, Virginie, en se faisant le cornac de cette étrange coiffure ? »

Madame de Rieux lui indiqua du regard M. de Saveuse qui pouvait entendre sa remarque :

« Qu'importe ? » reprit la princesse encore plus haut ; « ce n'est pas lui apparemment qui a fabriqué ce boisseau de boucles… il a trop bon goût… » ajouta-t-elle en faisant un signe d'intelligence moqueuse à sa belle-sœur. Toutefois le piège était trop grossier, même pour Lionel ; l'évidence des succès de sa femme l'avait frappé, il en jouissait avec vanité, et du premier mouvement il s'éloigna, non sans quelque dépit ; mais bientôt son robuste amour-propre lui expliqua la mauvaise disposition de la princesse Simon envers madame de Saveuse par le goût très vif qu'elle éprouvait pour lui, et il se sentit de l'indulgence pour une belle personne, attaquant, même injustement, la femme d'un homme aussi séduisant que Lionel de Saveuse. Ces douces réflexions, en flattant son orgueil, le ramenèrent triomphant et soumis aux pieds de sa conquête.

Madame de Rieux était ce qu'il est convenu d'appeler dans le monde une très bonne personne ; elle vivait bien avec son mari, aussi insignifiant qu'elle, adorait ses enfants, rendait beaucoup à ses parents, et n'avait que deux goûts un peu vifs après celui de la toilette : satisfaire aux fantaisies de ses enfants et contrarier celles de sa belle-sœur ; aussi le sarcasme lancé contre madame de Saveuse rappelant subitement à madame de Rieux qu'elle avait promis d'accorder une protection, refoulée dans son cœur, non par une jalousie née de la supériorité de beauté, mais par l'aspect de la charmante robe où mademoiselle Augustine s'était surpassée, elle se fit un devoir d'aller à la recherche d'une personne qui avait le mérite de déplaire à la princesse Simon. Abordant madame de Saveuse avec l'empressement le plus aimable, elle lui reprocha d'abandonner la salle de bal, et l'y ramena en l'assurant que la chaleur était fort diminuée par l'absence *des paquets*[1] dont la retraite embellissait la fête. La marquise de Rieux était à la mode parce qu'elle s'appelait madame de Rieux, qu'elle habitait l'hôtel de Montford, et qu'elle se mettait très bien. Madame de Saveuse, appuyée sur son bras, fit sur-le-champ partie d'un de ces groupes, si éminemment exclusifs, qui composent ce qu'on appelle le grand monde à Paris, et s'y sentit tout de suite parfaitement à l'aise ; car, une fois admise dans son sein, la plus grande simplicité y régnait. Sans avoir été nominalement présentée à personne, madame de Saveuse, patronisée sur le pied de l'égalité par madame de Rieux, se trouva incorporée dans la coterie la plus élégante, accueillie sans affectation et comme à son droit ; dès lors sa beauté ne fut pas seulement regardée, mais admirée ; elle ne fut plus discutée, on s'en fit gloire, et

---

1 Selon le *TLFi*, le terme, peu flatteur, désigne des femmes soit mal habillées, soit corpulentes, sans formes, qui ont du mal à se mouvoir et dont l'allure n'est pas agréable. Dans l'esprit de la marquise de Rieux, il y a peut-être un mélange des deux.

ses boisseaux de boucles captivèrent les suffrages sans contestations.

Madame de Saveuse, ayant ainsi franchi d'un seul pas cette frontière d'*adamant*[1] qui résiste parfois toute la vie à celles qui désireraient le plus y pénétrer, s'amusa fort, et lorsque la duchesse de Montford vint réclamer sa jolie compagne, elle céda volontiers aux vœux de madame de Rieux pour prolonger son séjour à ce bal que deux heures avant elle aspirait à quitter.

M. d'Estouteville devint son partenaire pour la danse plus animée qui terminait la fête ; elle n'en savait pas les figures, mais il la guida de façon à ce que sa gracieuse ignorance excitât la gaieté de ses nouvelles compagnes sans provoquer aucune moquerie, et le jour commençait à paraître lorsque le comte et la comtesse Lionel rentrèrent à leur hôtel tous deux également satisfaits de leur soirée : lui se croyant destiné aux grandes aventures près de la princesse de Montford et pas trop compromis par l'apparition de sa rustique femme dans le monde ; elle, s'étant fort divertie et préparant une multitude de questions à faire à sa tante le lendemain, après avoir écrit un long récit de la fête, au château de Saveuse.

---

1 Forme ancienne et déjà archaïque à l'époque du roman du mot diamant. *Dictionnaire de l'ancienne langue française et de tous ses dialectes du IXe au XVe siècle*, Frédéric Godefroy, 1880-1895. Cette forme a survécu dans l'adjectif actuel *adamantin* : qui possède les qualité du diamant.

CHAPITRE V
UN COURTISAN

Le marquis d'Estouteville, grand seigneur dérangé[1] et besoigneux[2], très habile courtisan, cachait une profonde immoralité par un exquis savoir-vivre, et dissimulait son égoïsme sous les formes de l'obligeance et de l'inconséquence ; il semblait s'être ruiné sans le savoir et pour le plaisir des autres ; mais il comptait beaucoup mieux qu'on ne croyait, et ne sacrifiait qu'à ses passions. Il avait su quelquefois exploiter celles des princes et des personnes en pouvoir d'une façon assez utile pour lui, mais tout cela avec une si habile légèreté et en le prenant de si haut qu'il fallait

---

1 En parlant d'une pers. Dissipé. Détourné d'une vie rangée (*TLFi*).

2 Qui est dans la gêne (financière), dans le besoin. *Dictionnaire de l'Académie française*, 6ᵉ édition, 1835. Cette entrée ne figure que dans cette édition, avec cette graphie archaïque de *besogneux* (avec le même sens), qui lui, curieusement, ne figure dans aucune édition. Le mot est pourtant attesté dans *Le Barbier de Séville* (I, 6), Pierre-Augustin Caron de Beaumarchais en 1775. L'emploi dans cette acception est vieilli de nos jours, mais le sens moderne – qui accompli un travail pénible et mal rétribué – n'est souvent pas mieux connu, au profit d'une simple synonymie plaisante avec *laborieux* – qui accompli une tâche de façon médiocre malgré beaucoup d'efforts.

être fort initié aux détails de sa vie pour lui accorder le mépris que sa conduite méritait. Du reste, son commerce était charmant, et une sorte de facilité, due à l'indifférence de toute chose, le rendait éminemment sociable. Il montrait de grands égards à sa femme dont il exploitait les angéliques vertus vis-à-vis du monde sans les apprécier pour son compte. Elle était restée, tant qu'elle avait vécu, exclusivement chargée de l'éducation de leur fils unique, et quoique Henri n'eut atteint que dix-sept ans lors de la mort de la marquise d'Estouteville, elle avait déjà semé et réussi à faire germer dans son cœur tous les meilleurs et les plus nobles sentiments. M. d'Estouteville au reste n'avait jamais cherché à la contrecarrer dans ce pieux devoir ; il comprenait qu'il trouverait là une résistance invincible et ne voulait point hasarder la paix de son intérieur ; elle lui était commode et il la possédait à bien peu de frais ; aussi jamais un mot, un sourire même de son père, n'avaient pu faire supposer à Henri qu'il ne partageait pas les maximes de haute moralité professées par sa mère, et si son amour pour elle était plus tendre, plus exclusif, sa considération pour le marquis était tout aussi grande. Madame d'Estouteville se gardait bien de la troubler, et se réservait de faire la guerre aux maximes dont on pourrait chercher à séduire son fils lors de son entrée dans le monde ; mais le sort en décida autrement : une fièvre violente emporta si rapidement la marquise que Henri, alors à son régiment, ne put arriver à temps pour recevoir son dernier soupir. Peut-être dans ce moment suprême l'aurait-elle prémuni contre les fallacieuses doctrines du marquis. Elles ne lui étaient que trop connues ; car, avant de se poser en admirateur de ses vertus, il avait essayé d'en faire la complice de ses intrigues ; mais la mort ne lui accorda pas un instant : sa cruelle œuvre était accomplie depuis quelques heures lorsqu'arriva le désolé Henri. Son désespoir toucha le marquis d'Estouteville ; lui-même regrettait une femme dont le mérite, qu'il exploitait souvent, ne le gênait en rien ; mais le chagrin de son fils lui devint promptement fort ennuyeux. Les convenances extérieures étant pour lui comme une seconde nature, il ne songea même pas à se soustraire à une réclusion de quelques semaines, mais il s'occupa à alléger la tristesse de Henri pour éviter de la trouver contagieuse ; il y mit tant de bonté et de grâce que le jeune homme, profondément touché de si tendres attentions, reporta sur lui la tendresse qu'il éprouvait pour sa mère et s'efforça, par reconnaissance, de cacher sa douleur ; la légèreté de l'âge fit le reste. Peu de temps s'était écoulé et Henri prenait une part fort réelle aux distractions que son père cherchait à lui procurer ; elles étaient toutes intellectuelles, des entretiens spirituels, des lectures légères ; le marquis changea le cours de ses études jusqu'alors dirigées par sa mère et par un précepteur, homme d'un mérite distingué ; les nouveaux auteurs mis entre ses mains donnaient lieu à des conversations où M. d'Estouteville s'appliquait à découvrir les sentiments intimes de son fils et à combattre ses scrupules par de douces plaisanteries sans jamais les heurter, se fiant à l'âge des passions pour les détruire ; et, le trouvant trop jeune pour entrer dans le monde, il le renvoya à sa garnison sans trop réfléchir que son vertueux instituteur, chanoine de la cathédrale, résidait dans la même ville. Henri ne tarda pas à retomber sous sa salutaire influence, et, cette fois encore, l'ivraie se trouva séparée du bon grain si soigneusement semé par sa mère ; il atteignit ainsi sa vingtième année. Les éloges donnés à sa conduite par son colonel, qui le disait l'exemple du régiment, avertirent le marquis d'Estouteville que ses espérances ne s'accompliraient pas tant que Henri resterait près de l'abbé Blondel. Il le fit nommer capitaine dans un autre régiment, obtint pour lui un congé de deux ans, et choisit un homme de lettres, distingué par son esprit, jouissant d'une honorable réputation, mais léger dans ses mœurs et mondain dans son langage, pour l'accompagner dans des voyages dont l'itinéraire était fixé et entraînait résidence dans les cours les plus brillantes de l'Europe. Un revenu suffisant fut mis à leur disposition pour paraître partout convenablement au rang du jeune comte d'Estouteville, et le marquis donna pour unique instruction au mentor auquel il le confiait la secrète recommandation de le ramener *un peu moins capucin* qu'il ne le lui livrait. Enchanté de voyager et touché de la prévoyante bonté dont son père s'occupait à satisfaire tous ses vœux, Henri se sépara de lui emportant un redoublement d'affection et de confiance dans sa tendresse paternelle.

Il ne faudrait pas croire que le marquis d'Estouteville se fût jamais avoué le projet satanique de corrompre son fils ; loin de là, il lui désirait toutes les qualités qui constituent l'honnête homme mondain, et il se persuadait vouloir seulement corriger des exagérations romanesques inspirées par sa mère, qui rendraient Henri peu propre à vivre dans le monde auquel il appartenait et l'éloigneraient surtout de se prêter à un arrangement que les affaires du marquis, il faut en convenir, rendaient à peu près indispensable. Il se trouvait tuteur de deux enfants, filles d'un prince souverain par un mariage morganatique[1] non avoué, la mère étant morte en

---

[1] Union entre un souverain, un prince ou comte d'une maison régnante, avec une personne de rang inférieur, qui est exclue des prérogatives de …

donnant le jour à la seconde. Le prince, bientôt après, avait fait pour complaire à son père une alliance royale, et les enfants avaient été confiées à l'amitié du marquis, accompagnées d'une grosse dot qui leur était assurée. Cette fortune lui faisait grande envie, et il désirait d'autant plus s'en approprier au moins une partie en faisant épouser l'aînée à son fils, que l'état délabré de ses propres affaires serait un obstacle dirimant[1] à toute autre alliance. Rendons-lui la justice que les millions de la petite Allemande ne lui auraient pas fait surmonter la tache de la bâtardise, mais la mère était bonne demoiselle, il avait les preuves du mariage, il était bien décidé à les publier avant celui de son fils et l'écusson d'Estouteville n'en serait pas sali. Ses scrupules s'arrêtaient là, mais non pas ses soucis : il s'attendait à trouver dans Henri une certaine répugnance à cette alliance de la main

---

caste et d'héritage de son époux, de même que les enfants issus de ce mariage, qui n'est pas nécessairement secret, comme d'ailleurs l'indique la précision ici « *non avoué* ». Originaire des cours germaniques, le terme ne correspond pas à un vocable de l'Ancien Régime en France, il est d'ailleurs absent des dictionnaires de l'époque (*Dictionnaire de Trévoux* - 1738-1742, *Dictionnaire de l'Académie française*, 4e édition - 1762 et 5e édition – 1798), comme celle qui a suivi (*Dictionnaire de l'Académie française*, 6e édition - 1832-1835, *Dictionnaire critique de la langue française* de Jean-François Féraud - 1787-1807). Alfred de Vigny (1797-1863), dans ses *Mémoires* déclare : « *ce qui se nomme, autant qu'il me semble, mariage morganatique* » ; il n'est donc pas complètement certain du sens. « *À peine ce couple morganatique, jolie expression allemande qui n'a pas son équivalent en français, avait-il atteint la porte* » écrit de son côté Balzac en 1835 dans *Le Père Goriot*. Le terme est cependant attesté en anglais dès 1727 selon l'*Oxford English Dictionary*, ainsi que son synonyme, *left-handed marriage* (*cf.* note *infra*). Encore une trace de la culture anglaise sur madame de Boigne, qui oublie que ce mot n'est pas usité en France à l'époque où elle situe son roman.

1 *Droit canon et civil.* Qui met un empêchement absolu à un mariage ou l'annule de plein droit, qu'il soit contracté de bonne ou de mauvaise foi (*TLFi*).

gauche[1], mais ce n'était pas la principale difficulté, ces enfants de l'amour se trouvaient, hélas ! d'une laideur amère et fort démesurée ; or, les principes souvent énoncés par Henri, ses sentiments sur l'union conjugale, ne s'arrangeraient guère avec la figure et l'intelligence de l'épouse que son père lui destinait : c'était donc surtout de ces préjugés d'une moralité exagérée, intempestive, surannée, que le marquis voulait débarrasser son fils. En attendant, la grosse somme destinée à tenir un état aux deux petites comtesses de Toreignstein[2] les maintenait modestement au couvent et fournissait au luxe du tuteur toujours à court d'argent. Vers l'époque où les voyages de Henri tiraient à leur fin, l'aînée des pupilles succomba à son imparfaite organisation ; cette mort, en doublant la dot de la cadette, redoubla aussi le désir du marquis de la faire épouser à son fils, mais elle n'avait que onze ans, et cette union ne se pouvait accomplir sur-le-champ.

Les instructions données par le marquis avaient prospéré lorsque le comte Henri revint à Paris ; avec le goût de la dépense, avec le laisser aller du grand seigneur et l'aplomb

---

1 Cette expression est synonyme de mariage morganatique, car durant la cérémonie nuptiale le marié donne sa main gauche à l'épousée, au lieu de la droite, signifiant ainsi l'intention qu'il a de ne pas élever sa femme jusqu'à son propre rang et de refuser aux enfants qui naîtront de ce mariage l'héritage de son pouvoir, de sa dignité et de sa fortune. Elle implique donc que selon l'auteur, Henri d'Estouteville ferait à son tour une mésalliance en épousant une des deux filles cachées de ce souverain si leur filiation n'était pas rendue publique auparavant.

2 Le patronyme est forgé de toute pièce (on peut y entendre « régner » ou « pour régner » en anglais et le mot « pierre » en allemand), l'assonance renvoyant à un prince germanique, qui étaient si nombreux que la situation est reconnaissable comme un classique sans qu'une référence précise cachée puisse être recherchée.

que donne le succès, il rapportait un cœur accoutumé à voler de belle en belle sans effort comme sans souci ; il avait eu des succès à Vienne, à Berlin, à Pétersbourg[1], et une aventure presque tragique, d'un retentissement européen, à Varsovie.[2] Au point où il était arrivé et ainsi formé par les voyages, son père n'hésita plus à s'ouvrir à lui ; il lui montra son patrimoine à peu près détruit par des circonstances qu'il représenta plus honorables qu'elles ne l'étaient en effet, la nécessité où il se trouvait de vendre la terre d'Estouteville, de quitter la cour, Paris, et de se retirer dans un petit castel qu'il possédait au fond de la Bretagne pour y végéter dans l'oubli ; quant à Henri, le modique héritage de sa mère suffirait à le maintenir modestement au service. Le marquis avait voulu attendre à le consulter avant de prendre ce grand parti dont il n'y aurait plus à revenir, les créanciers une fois éclairés sur l'état des affaires. Le pauvre Henri, atterré d'une confidence si peu prévue, se bornait à plaindre un si bon père et comptait pour peu son propre désappointement. Le marquis lui laissa toute la nuit pour méditer sur sa révélation, mais le lendemain il lui montra une ressource assurée dans son mariage avec la comtesse de Toreignstein, produisant en même temps les preuves de sa naissance légitime ; avec une telle dot en perspective, on pourrait conserver Estouteville, prendre des arrangements pour les affaires les plus flagrantes ; le marquis resterait à la cour en vivant des appointements de ses places[3], et Henri, au lieu d'être astreint au revenu de son héritage, pourrait, sans inconvénient, en

---

1 Saint-Pétersbourg.

2 Faut-il voir dans cette mention une allusion (réprobatrice) à la longue liaison entretenue par Napoléon 1er avec Marie Walewska ?

3 Charges à la cour.

manger le capital. Le prince avait toujours vivement désiré ce mariage pour sa fille, et ce serait aussi satisfaire à l'amitié ; toutefois le marquis s'en rapportait uniquement à la volonté de Henri. Les circonstances ainsi posées, le choix ne pouvait guère être douteux ; ce ne fut cependant pas sans une vive inquiétude que le marquis d'Estouteville fit appeler sa pupille au parloir du couvent. Mais Henri était bien jeune ; il ne vit dans l'enfant rachitique qu'on lui présenta qu'une petite fille pâle, maigre, chétive, à laquelle il fit peu d'attention et qui apparemment grandirait avant l'époque où elle serait appelée à porter son nom ; trois années, à vingt-deux ans, c'est trois siècles ! Il ne pensa plus guère à sa petite fiancée et se livra aux plaisirs que Paris lui offrait ; son père, en l'y encourageant, lui indiquait cependant les bornes fixées par la bonne compagnie ; l'esprit plein de grâce, le tact et le goût de Henri, l'aidaient à ne les point franchir, mais aussi dans ces limites il ne se refusait aucune distraction. L'argent ne lui manquait pas ; il avait pris d'abord la résolution de ne point excéder le revenu de sa fortune personnelle, mais bien-tôt l'occasion et l'exemple l'entraînèrent à le dépasser de beaucoup, et jamais le marquis ne faisait de remarques sur sa dépense ; devenu l'arbitre de la mode, le type de l'élégance, il partageait son temps entre le séjour de Paris et celui de son régiment où il se montrait aussi méthodique, aussi régulier, aussi exact que pas un officier de l'armée ; mais, comme pour la plupart des Français, ses goûts étaient plus belliqueux qu'ils n'étaient militaires et la garnison l'ennuyait mortellement. Lorsqu'il y avait séjourné quelque temps, ses lettres à l'abbé Blondel, avec lequel il entretenait un commerce suivi, devenaient plus longues, plus expansives ; elles exprimaient le désir de changer ses habitudes et de revenir à une vie sérieuse ; mais bientôt les entraînements de Paris dissipaient ces éclairs de sagesse, et sans renoncer entièrement à ces projets, il les ajournait à l'époque de son mariage.

Le marquis d'Estouteville avait vu enlaidir l'aînée des comtesses Toreignstein sous ses yeux et présageait le même sort pour la seconde ; après mûres réflexions il avait pensé mieux, que Henri s'habituât graduellement à la figure qu'il était destiné à posséder toujours à ses côtés ; mais celui-ci ayant dit une fois d'un air de tristesse et de répugnance assez marqué que la petite de Toreignstein était cruellement laide avec cette robe rose dont on l'avait affublée pour la conduire au parloir, le marquis changea ses batteries ; il confia l'enfant à sa sœur, abbesse d'un couvent à Caen, et redoubla de soins pour jeter son fils dans le tourbillon du monde en éloignant par la dissipation toute idée du bonheur domestique ; ses discours tendaient sans cesse à démontrer que ce bonheur, peut-être fort désirable, par un motif ou par un autre ne se rencontrait jamais tel qu'on l'avait rêvé ; l'application malheureusement ne manquait pas au précepte quand on regardait dans les intérieurs.

La princesse Simon de Montford devint une utile auxiliaire pour le marquis. Rien n'est plus fatal à un jeune homme qu'une liaison avec une femme d'esprit profondément immorale, et la princesse Simon, possédant en plein ces deux qualités, s'avisa d'une grande passion pour Henri ; elle durait depuis plus d'une année et cette longue fidélité, en étonnant les spectateurs, complétait la mode du comte d'Estouteville ; car, je le dis à regret, la princesse Simon tenait le haut du pavé dans la société la plus distinguée ; avec un grand nom, une extrême élégance, une rare impudence, une famille qui la soutenait pour éviter les esclandres, un mari plus qu'indifférent à sa conduite, elle avait tout d'abord affiché une sorte de hauteur dans ses dérèglements que le monde acceptait. Lorsqu'on racontait quelque abominable aventure sur son compte, et on ne s'en faisait faute, chacun ajoutait : « elle en est bien capable, » et il n'en était plus question. Ce sont de ces caractères qu'on rencontre quelquefois et qui ne peuvent établir leur honteuse importance que parce qu'ils exercent une extrême séduction lorsqu'ils veulent s'en donner la peine. Henri avait été sous le charme, mais il commençait à découvrir la griffe de Satan sous les enivrements dont on cherchait encore à la lui dissimuler. C'est ainsi qu'il était tombé dans l'oubli de tout ce qui est sérieux et bon ; son esprit s'était vicié ; toutefois le cœur n'était point gâté, la délicatesse restait intacte, et on pouvait dire qu'il valait mieux que la vie qu'il menait.

CHAPITRE VI
REGRETS ET ESPÉRANCES

« Quand partons-nous, Lionel ? dit madame de Saveuse avant d'achever sa lettre à sa mère.

— Je ne sais trop… mes affaires sont en bon train… mais elles réclament ma présence. »

Et il se sourit complaisamment à lui-même de la fatuité de ses paroles. Madame de Saveuse soupira et termina sa lettre, sans fixer le jour qu'elle appelait de tous ses vœux. Dans le récit qu'elle fit à la maréchale du bal de la veille, elle ne manqua pas de parler de la bonté avec laquelle M. d'Estouteville était venu à son secours dans son plus grand isolement et partagea entre lui et madame de Rieux les expressions de sa reconnaissance. Quoique moins frappée de la générosité de Henri à s'occuper d'une aussi jolie personne, madame d'Aubemer lui sut gré de sa conduite envers sa favorite dans un moment où il lui avait été évidemment utile, et lorsqu'il se présenta chez elle dans la soirée, elle l'accueillit avec bienveillance et lui reprocha de l'avoir négligée. Il ignorait, répondit-il, que sa porte fut encore ouverte au vulgaire.

Madame d'Aubemer plaisanta de cette expression appliquée au merveilleux Henri d'Estouteville ; il se défendit spirituellement et la conversation était gaie et animée quand madame de Saveuse entra. Elle remercia simplement et hautement M. d'Estouteville de l'assistance qu'il lui avait accordée. Il parut un peu embarrassé de cette franchise et se retira presque aussitôt. Deux jours après il revint à l'heure où la maréchale était plus habituellement seule, ne voulant plus retomber dans cette catégorie du vulgaire dont elle avait daigné le retirer ; cette fois encore sa visite ne fut pas longue, mais la suivante le devint davantage ; l'interruption des plaisirs du monde pendant le carême lui servit de prétexte à pouvoir disposer de son temps, et trois semaines ne s'étaient pas écoulées que la maréchale et son entourage attendaient chaque jour l'arrivée du comte d'Estouteville comme un nouveau stimulant à l'agrément de leurs causeries. Il était très instruit, connaissait la littérature de plusieurs langues, avait beaucoup vu et savait également parler raison, dire des folies, ou se taire selon l'occurrence. Fatigué de là société futile où les habitudes de la princesse Simon le retenaient, son esprit se plut à la nourriture plus solide fournie par le salon de madame d'Aubemer, et il n'eut aucun effort à se faire pour en témoigner le goût. Il se mêlait parfois aux discussions, et toujours bien, parce qu'à l'élégance naturelle de sa parole il joignait l'attention de ne parler que de ce qu'il savait ; plus souvent il interrogeait avec discernement, écoutait avec déférence et s'instruisait avec intérêt ; il y avait toujours à gagner près des personnes distinguées en tout genre qui se réunissaient chez la maréchale, et M. d'Estouteville en paraissait si convaincu que nul autre motif à ses assiduités ne fut soupçonné par aucun des habitués.

De beaucoup les plus jeunes admis à ce cercle quotidien, madame de Saveuse et Henri ne tardèrent pas à reconnaître leur commune dissidence à certaines assertions érigées là en choses jugées, mais qui se trouvaient en désaccord avec les opinions circulant dans le monde nouveau ; une sorte de franc-maçonnerie s'établit entre eux à ce sujet, car de quelque manière qu'on soit élevé, chaque génération a ses idées spéciales ; elles parviennent aux donjons de Saveuse, comme au milieu des lambris dorés de l'hôtel d'Estouteville, envahissent l'étude du procureur, et pénètrent jusque sous le chaume du pauvre, très modifiées assurément, mais portant le caractère de leur siècle. Nos jeunes gens se devinaient donc sans s'être expliqués, et il en résultait un petit secret moral entre eux qui cimentait leur liaison, charmait d'Estouteville et n'effarouchait pas la comtesse Lionel ; souvent leurs yeux se cherchaient et un sourire commun leur prouvait qu'ils s'étaient compris. Henri aurait voulu les occasions plus fréquentes, mais il se résignait à les attendre.

CHAPITRE VII
LA CAMPAGNE À PÂQUES

La duchesse de Montford avait l'usage de passer la quinzaine de Pâques dans un château de la couronne, dont la charge de son mari lui donnait la jouissance, non pas, peut-être, pour y mieux suivre les offices de l'église, mais pour les éviter plus commodément. Le printemps se trouvait avancé cette année, et les médecins recommandant le changement d'air, la maréchale se laissa entraîner à suivre son amie. Les Saveuse furent invités à venir la rejoindre. Henri d'Estouteville y était comme domicilié, les visites ne manquaient pas, tant de Paris que du voisinage, et on se promettait des vacances[1] très agréables. Madame de Rieux avait vivement appuyé l'invitation de sa mère auprès de madame de Saveuse. Comme toutes les personnes médiocres, elle était sujette à l'engouement, et sa passion pour la comtesse Lionel ne connaissait plus de bornes depuis qu'à l'avantage de déplaire à la princesse Simon, elle ajoutait celui de s'être conci-

---

1 L'expression peut sembler anachronique, mais ce sens est attesté dès la 4ᵉ édition du *Dictionnaire de l'Académie française* en 1762 – Le temps auquel les études cessent dans les écoles, dans les collèges.

lié, par sa complaisance, les suffrages des petits de Rieux. La société du château se trouvait réunie pour le déjeuner, lorsque le bruit d'une voiture annonça de nouveaux convives, et M. et madame de Saveuse furent introduits. La princesse Simon n'avait pu retenir un mouvement d'impatience ; mais, après un rapide examen de la nouvelle venue, elle lança un coup d'œil satisfait sur la glace où se trouvait reflétée son élégante silhouette et reprit toute sa bonne humeur.

Ainsi que cela arrive fréquemment dans nos climats à cette époque de l'année, le beau temps de la semaine précédente avait été remplacé par des frimas[1]. Lionel ayant vu partir d'Estouteville en calèche, alors qu'il faisait beau, avait jugé indispensable de l'imiter malgré le froid inopinément survenu. Sa femme, accoutumée à braver l'intempérie des saisons, n'y avait apporté aucun obstacle, mais elle s'était vêtue d'un surtout de drap, œuvre d'une couturière de Limoges, qui n'avait aucune grâce ; sa figure battue pendant trois heures du givre poussé par un vent de nord-est, présentait des joues bleues et un nez rouge ; ses cheveux pendaient en mèches humides et défrisées le long de son visage décomposé qu'elle avait encadré d'un gros foulard orange, noué à cru sur son cou, où il profilait des reflets jaunes. Tranchons le mot, elle était laide, autant que le peut être à vingt ans une femme charmante, et son ensemble rustique formait un véritable contraste aux figures reposées et aux costumes recherchés, quoique simples, dont elle était entourée. La maréchale en fut vivement contrariée ; quant à madame de Saveuse elle

---

1 Brouillard froid et épais, qui se glace en tombant. Syn. Grésil. *Dictionnaire de l'Académie française*, 1re édition - 1694. Le sens se maintient dans les éditions suivantes, mais le mot n'est plus usité aujourd'hui, ou est perçu comme archaïque ou poétique pour désigner l'hiver ou un temps hivernal.

ne sembla pas s'en douter ; mais madame de Rieux, compatissante dans le fond et persuadée qu'un déboire de toilette était un vrai désastre, la fit placer à côté d'elle à table et s'occupa fort volontiers à la distraire de la souffrance où elle la supposait, en lui racontant toutes les gentillesses commises par ses enfants depuis leur départ de Paris. Ne pouvant résister plus longtemps à sa malice, et craignant que la déconfiture de madame de Saveuse ne fût pas suffisamment observée, la princesse Simon remarqua à voix assez haute l'étonnante différence que la lumière des bougies apportait à certaines figures.

« Je n'avais vu madame de Saveuse que le soir, c'est toute une autre personne ; je ne sais si je l'aurais reconnue… elle est toujours charmante… mais je ne me la représentais pas telle qu'elle est le matin… c'est vraiment une autre figure !

— Chère princesse, » répondit la maréchale d'un ton aigre-doux, « que votre bienveillance ne s'attache pas trop à celle que vous avez sous les yeux, car ma nièce pourrait bien en changer dès avant la fin du déjeuner. »

Le bavardage de madame de Rieux empêcha madame de Saveuse d'entendre ce colloque aussi bien que l'offre deux fois répétée par le duc de Montford d'un mets placé devant lui. Lionel, à travers la table, réveilla son attention.

« Monsieur le duc de Montford vous parle, Gudule.

— Quoi ! que dites-vous ?… Quel nom donnez-vous à madame de Saveuse ?… Gudule !… Elle s'appelle Gudule ?… Quel étrange nom !… Mon Dieu, que cela est drôle de porter le nom de Gudule !… »

Et la princesse Simon ajouta à ces exclamations un rire méchant et affecté. Lionel rougit jusqu'à l'extrémité de ses deux oreilles ; sa femme, après avoir répondu au duc de Montford, reprit en s'adressant avec une complète aisance à la princesse Simon.

« N'est ce pas que c'est un vilain nom, Gudule ? C'était encore bien pire avant mon mariage ; on ne m'appelait que Gugude ; je ne voudrais pas jurer que l'appellation de *mam'selle Gugude* ne me désignât encore dans le village de Saveuse, et pourtant, » ajouta-t-elle avec une teinte de douce mélancolie, « ce vilain nom m'a souvent été donné par des voix si chéries qu'il ne me fait pas une impression aussi désagréable qu'aux autres. »

La princesse Simon, voyant son effet de ridicule manqué, reprit avec une apparence de bonhomie : « Il me sied assez mal au reste de rire d'aucun nom, moi qu'on qualifie de la petite Simonnette, en attendant qu'on m'appelle la mère Simon. »

D'Estouteville vit un orage se former sur le front de la duchesse de Montford, qui n'entendait pas raillerie en ces matières ; il se hâta d'interposer sa médiation.

« Allons, princesse, convenez-en, il y a un peu trop de fière modestie à médire du nom de Simon quand on a le beau droit d'y ajouter celui de Montford. »

Le sourcil de la duchesse s'assouplit, le duc sourit en faisant une légère inclination de tête à Henri, le prince Simon demeura aussi impassible à cette remarque qu'à celle de sa femme.

« Ma nièce aurait bien quelque excuse du même genre au nom de Gudule, » dit madame d'Aubemer ; « on raconte en Limousin qu'une Gudule de Saveuse a défendu vaillamment le château d'Uzerche contre les Sarrasins... En quelle année, mon enfant ?

— En 738, » répondit madame de Saveuse avec la même simplicité qu'elle avait naguère consenti le nom de Gudule comme étant affreux. La princesse Simon se mordit les lèvres ; elle trouvait du suprême bon ton de sembler faire peu d'état de ces distinctions généalogiques, qu'elle prisait fort cependant, et elle venait d'être battue, même sur ce terrain, par cette petite provinciale. Sa colère fut d'autant plus profonde qu'elle surprit un sourire ironique glisser sur la physionomie de Henri, et que, reportant ses regards sur madame de Saveuse, elle vit s'accomplir la métamorphose prédite par la maréchale. Le teint de sa nièce s'était calmé, des nuances du rose le plus frais, du blanc le plus pur avaient remplacé le bleu et le rouge qui déparaient son visage ; l'horrible foulard orange, dénoué maintenant, laissait apercevoir un gracieux col de cygne éclatant de jeunesse ; ses cheveux, séchés et roulés négligemment sur ses jolis doigts pour les écarter de ses yeux, avaient repris leurs souples et soyeux anneaux ; la lourde robe de drap restait encore, mais sa mauvaise coupe ne suffisait plus à satisfaire l'animadversion[1] de la princesse de Montford contre celle qu'un instinct secret lui dénonçait pour rivale ; la haine n'eut

---

1 Désapprobation latente, hostilité sourde, voire antipathie agressive, se manifestant occasionnellement dans des paroles, des attitudes ou des actes (*TLFi*). Ce terme a complètement disparu de nos jours.

pas de peine à descendre dans un cœur irrité et méchant, et elle s'y installa dès lors méditant sa vengeance.

Lionel cependant nageait dans la gloire ; l'érudition de la maréchale lui paraissait, à cette fois, on ne saurait mieux placée, et il jetait autour de la table des regards modestement orgueilleux qui voulaient dire : « vous voyez combien j'ai droit à prendre place parmi vous. » Sa femme était retombée sous le bavardage de la marquise de Rieux, et le prince Simon soutenait une conversation animée avec la maréchale et Henri d'Estouteville. On se serait fort trompé en prenant le prince Simon de Montford pour l'être apathique qu'il paraissait au sujet de sa femme ; il avait au contraire beaucoup d'esprit, des connaissances très variées et infiniment d'ambition ; menacé, dès son adolescence, d'un rare degré d'obésité, il avait de bonne heure renoncé à la carrière militaire, aussi bien qu'à toutes les distractions ordinaires à la jeunesse, et s'était fait des habitudes studieuses ; l'activité oiseuse des places de cour ne tentaient ni sa paresse, ni son intelligence, et il tournait ses vues vers les distinctions civiles. Arriver de bonne heure au gouvernement d'une province éloignée et arriérée dans la civilisation, ou bien d'une colonie importante, où il pourrait, en exerçant une sorte de vice-royauté, appliquer au bonheur des hommes les théories dont il s'enthousiasmait dans la solitude de son cabinet, tel était le but de ses désirs qui ne manquaient pas de grandeur ; il y rêvait une immense renommée et s'occupait constamment de son accomplissement. Marié très jeune à une fille de grande maison qui lui apportait, avec une belle fortune, le crédit très établi de sa famille à la cour, il se tenait pour satisfait de cette alliance, à la condition de l'exploiter à son profit ; car il avait promptement reconnu l'impossibilité de retenir la princesse de Montford dans les bornes de ses devoirs, et renoncé à toute prétention de lui plaire. Dans un temps où le ridicule était une puissance, il avait deviné combien il s'en attacherait à la jalousie de l'éléphant courant après un si léger papillon, et avait semblé lui donner la plus libre volée. Bien moins complète cependant qu'elle ne le paraissait ; car la princesse Simon n'ignorait pas qu'il lui fallait toujours obtempérer aux volontés de son mari dans ce qui pouvait être utile à ses vues d'avancement ; elle s'y prêtait, au reste, de bonne grâce et ces deux époux, également immoraux, employaient à leur profit mutuel, l'un ses succès de mode, l'autre son importance studieuse, en cherchant réciproquement à s'en faire valoir. Très fiers de leur fils, le duc et la duchesse de Montford se donnaient beaucoup de soins inutiles pour lui cacher les légèretés de sa femme, que, même vis-à-vis d'eux, il feignait d'ignorer, la traitant devant le monde avec une calme considération, dont il se dédommageait dans leur particulier[1] par de durs sarcasmes et les ordres les plus impérieux, que motivaient parfois les apparents caprices de la princesse, mais elle gardait le même secret que son mari sur les mystères de son intérieur ; les personnes les plus avant dans sa faveur n'en étaient pas instruites, le prince Simon commandait ce silence et voulait être obéi.

---

1 Dans l'intimité, dans la vie quotidienne (*TLFi*).

CHAPITRE VIII
IMPRESSIONS INAVOUÉES

En retournant au salon, d'Estouteville s'approchant de madame d'Aubemer lui dit à voix basse :

« Vous n'avez été guère généreuse, madame la maréchale, de prêter ainsi appui au plus fort. »

Madame d'Aubemer suspendit sa marche un instant, et le regarda avec un éclair de curiosité dont il fut déconcerté ; mais tous deux avaient trop d'usage du monde pour que leur attitude trahît longuement leur pensée. On était encore groupé près de la cheminée lorsque les petits de Rieux firent irruption dans le salon ; ils se précipitèrent sur madame de Saveuse en réclamant la bourrée qu'elle leur avait promise ; madame de Saveuse leur expliqua qu'elle la leur jouerait tant qu'ils voudraient lorsque le salon serait libre, et les enfants se seraient tenus pour satisfaits, si leur mère n'était venue prier la comtesse Lionel de céder sur-le-champ à leurs vœux. Alors toutes les petites figures s'allongèrent et les larmes commençaient à couler ; il n'y avait plus à reculer, madame de Rieux ouvrit elle-même le piano[1] et la victime de ses enfants se mit à jouer une bourrée.

Le prince Simon avait un goût très vif pour la musique et la comprenait bien ; il se rapprocha du piano et remarqua le brillant de l'exécution :

« Cette bourrée est si charmante, » dit-il, « que je demande la permission de m'associer aux enfants, et d'en solliciter une autre : *Même quand l'oiseau marche on sent qu'il a des ailes*, et, si je ne me trompe, madame de Saveuse est grande musicienne.

— Ce sont des airs de nos montagnes, » reprit-elle, « et je les aime ; ils doivent paraître monotones aux autres.

— Point du tout, » répondirent plusieurs voix. Ainsi encouragée et excitée par le plaisir évident qu'y prenait le prince Simon, elle se mit à improviser des variations sur une de ces mélodies montagnardes avec autant de talent que de goût ; puis s'arrêtant tout-à-coup :

« Pardon, » dit-elle, « je m'oublie ; je n'avais jamais rencontré un aussi bon piano. »

La maréchale s'était aussi rapprochée :

« Vous ne m'aviez pas dit que vous étiez musicienne, mon enfant.

— Vous ne me l'avez jamais demandé, ma tante. »

Lionel s'avança, et disposé, ce jour-là, à faire valoir, à sa façon, celle qui s'appelait Gudule de Saveuse, s'écria :

---

1 Sur l'anachronisme, *cf.* l'introduction.

« Mais elle chante aussi, faites-la chanter, mesdames, faites-lui chanter de l'italien. »

Gudule, puisque aussi bien vaut lui donner ce nom qu'elle acceptait, Gudule, donc, ne put réprimer un mouvement d'impatience assez marqué et s'écarta du piano ; mais, arrêtée par ceux qui l'entouraient et ramenée par le prince de Montford, elle y reprit place et chanta d'une voix de contralto aussi pure que touchante une complainte en patois des montagnes. Comme tout ce qui tombe neuf au milieu d'une société blasée, elle excita des transports. Le duc de Montford lui-même, peu expansif de son naturel et qui s'était fait la réputation d'un homme capable à l'aide d'un silence où il avait l'habileté, par quelques hochements de tête assez bien appropriés, de donner l'air capable, le duc de Montford réclama une nouvelle chanson, puis le prince Simon en sollicita une autre, et madame de Saveuse elle-même, qu'un vieux *maestro de capella*[1] retiré en Limousin avait rendue grande musicienne, s'anima et y prit autant de plaisir que ses auditeurs ; racontant les sujets de ces petits poèmes naïfs, et leur expliquant les mots patois qui s'éloignaient trop du français, elle captivait leur attention et leurs suffrages. Lionel cependant se sentait au supplice ; il était retombé dans toutes les terreurs du *paraître provincial*, et à chaque couplet il répétait d'une voix qui devenait de plus en plus stridente :

« Chantez de l'italien… chantez donc de l'italien… » mais sa femme n'en tenait aucun compte ; elle lui dit, à la fin, avec une légère impatience :

---

1 Maître de chapelle, personne chargée d'enseigner la musique, et d'en composer au sein d'une chapelle ; en effet les chapelles ont eu une part importante dans l'activité musicale du Moyen Âge au début du XIXe siècle.

« Pourquoi voulez-vous, monsieur de Saveuse, que j'ennuie de morceaux que tout le monde ici a entendu exécuter mille fois mieux que je ne le saurais faire, lorsque j'ai la bonne fortune d'amuser par la nouveauté des pauvres airs de mon pays ? »

Voilà, se dit la maréchale, un homme jugé dont le règne est fini, il ne faut pas que l'influence passe à un autre ; j'y veillerai, et elle regarda du côté de la cheminée ; d'Estouteville y était appuyé. Presque seul il ne s'était pas rapproché de la jolie musicienne et restait à égale distance, entre le piano et le métier de la princesse Simon. Toutefois la maréchale se trompait, le *règne* de Lionel ne s'achevait point, car il n'avait pas commencé, et jamais madame de Saveuse n'avait songé à le juger ; sa sottise, à vrai dire, était bien moins resplendissante dans sa province où il avait une sorte de supériorité sur ce qui l'entourait, mais jamais aussi il n'avait exercé la moindre influence sur elle ; ses opinions, ses paroles, ses actions avaient conservé une entière indépendance, quoiqu'elle-même se crut une épouse soumise, parce qu'elle lui laissait une entière liberté et ne faisait aucune objection à des fantaisies qui lui étaient indifférentes ; le voyage de Paris, le seul où elle eût été appelée à prendre part, ne l'avait pas trop contrariée, et elle s'y était prêtée sans répugnance.

Malgré la réplique de sa femme, Lionel continuait à demander du chant italien, et les assistants se joignirent à lui par politesse.

« Moi aussi, dit alors Gudule, je voudrais bien qu'on chantât de l'italien, je sais le grand talent de la princesse Simon, c'est elle qui devrait nous en faire entendre.

— Merci, répondit la princesse sèchement, je pense que c'est assez de musique pour aujourd'hui.

— Ah ! princesse, vous avez bien raison ! » s'écria madame de Saveuse, en éclatant d'un rire jeune autant que franc ; et s'élançant du piano, elle arriva d'un bond au tabouret placé devant la duchesse de Montford et s'assit à ses pieds, admirant sa tapisserie.

« Voilà un ouvrage comme vous en devriez faire, ma tante, au lieu de ces fonds qui vous ennuient.

— Vous n'en avez pas l'initiative, madame ma nièce, j'ai apporté des soies et du canevas, mais il faut que vous me dirigiez, car je ne sais par où m'y prendre. »

Gudule se mit en devoir de ce travail ; toute la jeunesse se dispersa ; le temps s'était élevé et le soleil brillait, lorsque Lionel suivi à distance de Henri et de quelques autres visiteurs rentra dans le salon :

« On va faire une promenade dans la forêt, le comte d'Estouteville vous prêtera sa belle jument *Carina*, dont je vous ai tant parlé… Venez-vous ?

— Volontiers, » répondit madame de Saveuse ; mais telle n'était pas l'intention de la maréchale.

« Je comptais pourtant bien sur vous, mon enfant, pour commencer mon ouvrage, et si cela ne vous contrarie pas par trop, je vous demande de rester. »

Gudule rougit en exprimant son acquiescement aux volontés de sa tante ; était-ce le chagrin de renoncer à la promenade ? était-ce l'instinct qu'elle pouvait être trouvée déplacée ? Je ne sais, mais enfin elle rougit, et pour la première fois, d'une émotion assez complexe pour ne pouvoir se l'expliquer bien nettement.

Madame d'Aubemer hésita un moment sur ce qu'il convenait mieux de faire, mais frappée de l'idée que la circonstance pourrait renouveler elle dit à sa nièce, lorsqu'elles se retrouvèrent en tiers avec madame de Montford :

« Je vous demande pardon, ma chère petite, d'avoir entravé votre promenade, mais ce n'est pas l'usage pour une femme de bonne compagnie de monter les chevaux des autres, et surtout d'une personne en visite, comme elle, dans la maison où elle se trouve ; il y aurait eu moins d'objection à accepter un cheval au duc de Montford ou même à M. de Rieux, quoiqu'en général une jeune femme ne doive monter que des chevaux à elle ; et si Lionel avait… (été une moins grosse bête, aurait-elle volontiers ajouté pour rendre le fond de sa pensée qu'elle ne traduisit pas), si Lionel avait eu plus de connaissance du monde, il ne vous l'aurait pas proposé. »

Madame de Saveuse prit avec une chaleur inaccoutumée le parti de Lionel ; c'était une chose reçue en Limousin ; lui-même prêtait ses chevaux aux dames du pays. Pas plus qu'elle il ne devait trouver la proposition de M. d'Estouteville inconvenante, le tort en était donc tout entier à celui-ci. La maréchale avait évité de prononcer son nom ; elle fut agréablement surprise de le voir si franchement abordé par madame de Saveuse, et ses inquiétudes se trouvèrent calmées au point qu'elle regretta presque de l'avoir privée d'un plaisir qui n'avait pas un grand inconvénient s'il ne se renouvelait pas. Lionel était retourné à l'écurie en déblatérant contre l'égoïsme des vieilles femmes ; Henri en revanche ne s'y trompa point ; il s'était déjà repenti de l'école[1] qu'il avait faite le matin et comprenait qu'il avait excité l'attention, si ce n'est les soupçons de madame d'Aubemer. Calmer les uns et détourner l'autre lui devenait essentiel ; à cet effet il s'était abstenu de se joindre aux admirateurs de Gudule, quoique aucun n'eût été plus ému des accents de sa voix si touchante, ni autant ensorcelé de ses naïfs récits d'amours rustiques ; mais là, aux yeux de la maréchale, il avait un peu forcé la mesure et elle n'en était que plus disposée à examiner de près son maintien ; le refus du cheval le prouvait à Henri. Il réussit très facilement pendant la promenade à se faire une querelle avec la princesse de Montford, déjà assez mal disposée, et l'agaçant sur les ridicules de son adorateur Lionel de Saveuse, l'excita par là, dans son humeur provocante, à redoubler de coquetteries envers ce mari qu'elle voulait avoir dans sa dépendance pour en tourmenter la femme ; elle ne savait pas au juste comment elle s'en servirait, mais c'était un moyen à ne point négliger. Si elle réussissait en même temps à exciter la jalousie de Henri, dont le refroidissement lui devenait sensible, ce serait un double profit. Elle n'osait trop s'en flatter tant cela lui semblait absurde ; mais les hommes ont aussi leurs petitesses ; Lionel était très beau, plus beau que d'Estouteville incontestablement, et madame de Montford, les regardant tous deux, se l'avouait en expli-

---

1 Usitée tout d'abord dans pratique du billard et du trictrac, avec le sens précis de se tromper dans le décompte des points – ce qui était sanctionné par la règle – l'expression *faire une école* va progressivement désigner une erreur tactique comme en commettent les débutants, dans le domaine des jeux au sens propre, puis dans une acception générale au sens figuré. *Mais la véritable école est de vous être laissé aller à écrire.* Lettre XXXIII – La marquise de Merteuil au vicomte de Valmont. *Les Liaisons dangereuses.* Choderlos de Laclos, 1782.

quant par là l'humeur de Henri. La soirée ne fut pas agréable. Le comte d'Estouteville paraissait triste et ne faisait de frais pour personne ; Lionel, encouragé par ses succès, était insoutenable. Madame de Saveuse, accaparée par madame de Rieux, s'ennuyait bien un peu. Le whist, le reversis et le trictrac[1] occupaient le reste de la société ; la princesse de Montford, seule, se divertissait également de l'humeur de Henri et de la joie de Lionel.

On faisait cependant de grands projets d'amusements pour les jours suivants ; la duchesse proscrivait la comédie comme trop mondaine pour l'époque de l'année, mais tolérait les proverbes,[2] supposés impromptus, quoiqu'on dût faire le matin des répétitions ; M. de Rieux, le grand *impresario*[3]

---

1 Le whist est l'ancêtre du bridge.

Le reversis est un jeu de cartes – le valet de cœur étant la carte principale – très ancien d'origine présumée italienne, transformé en Espagne puis en France (à partir du XVIe siècle), de type qui-perd-gagne, ce qui peut justifier son appellation, le gagnant étant celui qui fait le moins de points ou de levées.

Le trictrac est un jeu de société très en vogue en France aux XVIIe et XVIIIe siècles, à la cour et dans les milieux aristocratiques. Le trictrac se joue avec des dés et consiste à faire avancer des pions sur un tablier à deux compartiments comprenant chacun six cases triangulaires ou flèches. Le but du jeu n'est pas de sortir ses dames le plus rapidement possible, contrairement au jacquet ou au backgammon, qui utilisent le même tablier, mais de marquer un maximum de points. Un système complexe d'enchères faisait que des sommes assez importantes pouvaient changer de main en une seule partie.

2 Pièce en général très brève, à l'origine impromptue, présentant une action propre à mettre en lumière le sens d'un proverbe qui constitue souvent le titre, mais qui reste parfois à deviner. Il s'agit donc d'une espèce de jeu de société. L'entrée se trouve avec ce sens dans la 4e édition du *Dictionnaire de l'Académie française* en 1762 et s'y maintient jusqu'à la 8e en 1932-35.

3 Le *TLFi* donne le terme comme attesté au sens d'organisateur de spectacles publics dès le début du XVIIIe siècle. L'usage des italiques peut indi-
…

distribuait les rôles, Henri d'Estouteville acceptait sans difficulté tout ce qui lui était proposé ; la maréchale remarquait qu'il ne recherchait aucunement ceux qui auraient pu le rapprocher de madame de Saveuse et commençait à douter de sa propre perspicacité. La journée du lendemain se traîna péniblement, il faisait un temps affreux. Madame d'Aubemer entendit M. d'Estouteville dire à un autre jeune homme qui retournait à Paris :

« Vous êtes bien heureux, on s'ennuie fort ici cette année. » Il parut embarrassé en l'apercevant si près de lui ; elle sourit en portant les yeux sur un canapé où la princesse Simon et M. de Saveuse paraissaient absorbés l'un par l'autre ; ce regard semblait dire : « Tout le monde ne s'ennuie pas. » Henri dissimula si mal sa souffrance que la maréchale se demanda : « Serait-il donc possible qu'il fut sérieusement attaché à une pareille femme et assez humble pour être jaloux de ce ridicule imbécile. »

Les lettres arrivaient le soir ; après leur lecture Henri d'Estouteville annonça son départ pour le lendemain, son père l'appelait à Paris.

« Mais vous nous reviendrez, Henri ?

— Je crains bien que non, madame la duchesse, j'ai un engagement à Sainte-Assise[1] pour la semaine prochaine.

---

quer ici aussi bien un terme encore perçu comme un mot étranger qu'un emploi humoristique.

1 Sainte-Assise est un château du XVIIIᵉ siècle à Seine-Port (Seine-et-Marne). À l'époque où se situe le roman, il est la propriété de Madame de Montesson qui l'a reçu en cadeau à l'occasion de son mariage morganatique avec le duc d'Orléans, Louis-Philippe le Gros, père du futur Phi-
...

— Voilà un engagement bien improvisé, dit la princesse de Montford avec un sourire ironique.

— L'engagement est d'ancienne date... le projet de l'accepter de récente, » ajouta-t-il plus bas en s'approchent d'elle.

Madame d'Aubemer n'entendit pas ces dernières paroles, mais elle vit la princesse Simon se troubler et conclut qu'elle était la seule héroïne de ce petit drame, d'autant que, pendant le reste de la soirée, elle brusqua deux ou trois fois Lionel ; d'Estouteville n'en partit pas moins de grand matin.

Lionel se trouva grandement désappointé ; il était très flatté de l'amitié que le comte d'Estouteville (car il n'osait encore en face l'appeler ni Henri, ni d'Estouteville tout court, quoiqu'il ne le désignât jamais autrement dans sa société personnelle), que le comte d'Estouteville, donc, lui témoignait en toute occasion, plus flatté encore de lui inspirer une jalousie aussi ostensible et d'obtenir une faveur si marquée de la femme à laquelle on le savait attaché : avoir d'Estouteville pour ami et lui souffler sa maîtresse paraissait à Lionel le sublime de cette belle rouerie de cour, dont il lisait les annales dans les méchants romans du temps ; une si brillante aventure effacerait pour toujours le cachet du provincial ; l'absence de Henri en diminuait l'éclat, mais il n'était pas moins disposé à la mener à fin, et ne ralentit pas ses empressements auprès de la princesse qui continuait à les accueillir très bénévolement.[1] Peut-être madame de Saveuse ne les aurait-elle pas remarqués, si madame de Rieux, après s'être donné beaucoup de peines ostensibles à les lui dissimu-

---

lippe-Égalité. Elle y reçoit des hommes de lettres et y donne des représentations théâtrales.

1 Avec une bienveillance aimable.

ler, et ne pouvant réussir à éveiller son attention, n'avait fini par lui exprimer toute sa pitié pour elle, aussi bien que sa profonde indignation contre sa belle-sœur :

« C'est une horreur ! … C'est punissable ! … le mari d'une jeune femme !… En sa présence !… Brouiller un ménage !… et désoler de plus ce pauvre Henri !… car, soyez-en sûre, ma chère, je le connais bien, et, comme je vous le disais, il est parti au désespoir, uniquement pour fuir ce spectacle… »

Madame de Saveuse était bien aise de pouvoir s'expliquer à elle-même le sentiment d'isolement, de souffrance qu'elle ressentait depuis son séjour à la campagne, par la douleur poignante que lui causaient[1] les révélations de madame de Rieux. Les tendres assiduités de Lionel devaient tout naturellement l'affliger, puisqu'elles choquaient autant les autres, et, retirée dans sa chambre, les larmes vinrent à son secours pour exhaler le chagrin de son cœur. — Elle avait ignoré jusque-là les relations de Henri avec la princesse, car elles étaient trop établies pour qu'on en parlât encore. Elle s'en étonnait un peu, ce qui faisait qu'elle y pensait beaucoup. Il lui semblait qu'il y avait peu de rapport entre leurs goûts, leur manière de voir, de s'exprimer, et surtout de sentir ; elle se laissait tellement envahir par ces réflexions qu'elle en oubliait presque son propre chagrin. Ses larmes pourtant coulaient toujours abondamment, son amère aversion pour, la princesse Simon ne s'adoucissait pas : elle lui en voulait plus qu'à Lionel ; cela n'était peut-être pas très juste, mais enfin il en était ainsi. — La nécessité de reparaître au

---

1 Correction du texte édité, qui contient « causait ».

salon la força à prendre sur elle pour cacher son trouble ; elle se rappela les préceptes de sa mère sur le devoir imposé aux femmes de toujours dissimuler les torts de leurs maris, et regretta d'avoir écouté les confidences de madame de Rieux ; mais elle avait été tellement saisie, qu'elle n'avait pas songé à l'interrompre ; celle-ci d'ailleurs avait commencé par lui dire : « Vous n'êtes pas plus dupe que moi, je pense, du motif donné par Henri d'Estouteville à son départ. » Ce début avait un peu excité sa curiosité, et le moyen de prévoir que la suite de ce discours pût avoir aucun intérêt personnel pour elle !... Madame de Saveuse se rendait la justice que cela était impossible. Elle fit sa toilette avec précipitation, tout en se baignant les yeux à chaque instant dans de l'eau bien froide sans en tirer grand profit. On annonçait le dîner lorsqu'elle descendit avec un visage bouleversé ; elle était trop peu accoutumée à cacher ses impressions pour y réussir du premier coup. — Madame de Rieux se serait fort complu à panser les plaies qu'elle avait faites, mais Gudule se renfermant dans le silence qu'elle s'était imposé, la marquise, qui perdait une si belle occasion de diatribes contre sa belle-sœur, s'en blessa et se refroidit entièrement pour madame de Saveuse. Ce séjour de campagne devint de plus en plus assommant : d'Estouteville en était l'âme et avait emporté le mouvement avec lui. — La tristesse de madame de Saveuse n'étonnait personne, car le motif en était évident.

Un matin cependant où elle semblait plus accablée que d'ordinaire, Lionel, avec cet incomparable aplomb d'un sot, osa lui demander ce qu'elle avait. Gudule se trouva plus déconcertée que lui de la réponse à faire, car au fond elle se sentait désolée, abandonnée, et ne savait pas bien nettement pourquoi. Les soins de Lionel ne lui avaient jamais été ni prodigués ni indispensables. Elle lui répondit avec un doux sourire :

« Mon ami, je languis après l'aubépine de nos montagnes ; ces magnifiques jardins qui s'étendent là sous mes fenêtres dans leurs lignes régulières ne font qu'accroître mon désir de revoir nos rustiques sentiers. Le temps de notre retour s'est déjà bien éloigné... Vos affaires ne finiront-elles donc pas ?... Ramenez-moi près de ma mère, je vous en conjure, je retrouverai la santé à Saveuse... »

Et Gudule fondit en larmes. Lionel n'était pas un méchant homme. Touché du chagrin de sa femme, il promit un prochain retour au Limousin et en fixa même le jour. Madame de Saveuse fut étonnée de ne point ressentir une joie plus sensible, et l'attribua au regret de s'éloigner de sa tante. Elle retrouva cependant assez de satisfaction en écrivant cette bonne nouvelle à sa mère pour que son visage en fût rasséréné au point de frapper la maréchale. En apprenant qu'il fallait attribuer ce changement à l'espoir du départ pour Saveuse, madame d'Aubemer revint à la pensée que sa charmante nièce avait une grande passion pour un sot mari, trop bête pour savoir l'apprécier. Elle avait vu tant de bizarreries en ce genre, que sans le comprendre, elle se résigna à y croire. — Lionel ne tarda pas à insinuer qu'après avoir ramené madame de Saveuse en Limousin il serait forcé de revenir à Paris, où des affaires très impérieuses le rappelaient, et Gudule ne paraissait pas fort troublée de cet avertissement ; mais la maréchale, au contraire, y vit la perte assurée du bonheur de sa nièce, puisqu'il était attaché à la conduite de Lionel, et se disposa à mettre obstacle à ce projet de séparation. En conséquence elle prévint Caroline de ce qui se passait, en l'engageant à ne point encourager Gudule à quitter Paris si les affaires de son mari pouvaient servir de prétexte à son retour et le livrer sans aucun frein à toutes les folies où la princesse Simon s'amuserait à l'entraîner. Celle-ci, de son côté, trouvant son innocente rivale suffisamment punie par son éloignement de la capitale, s'adoucissait pour elle, et ne voyait pas sans quelque plaisir l'effet de ses propres charmes dans l'empire qu'elle exerçait sur Lionel. Sans parler de ses projets de retour elle manda à Henri, dont la jalousie la flattait et la préoccupait, le prochain départ des Saveuse. — Il se promit bien de l'entraver.

Les quinze jours destinés à tant d'agréables distractions s'achevèrent péniblement ; chacun en vit arriver le terme avec une satisfaction que la politesse déguisait à peine. Madame de Saveuse, surtout, s'éloigna avec joie d'un lieu où elle avait pour la première fois senti le contact de la malveillance, éprouvé la souffrance de la contrainte ; mais son esprit avait perdu toute élasticité, et la langueur qui l'accablait la suivit à Paris. À force de se répéter qu'elle était fort affligée de l'attachement de Lionel pour la princesse de Montford, elle avait réussi à se le persuader. En fouillant bien au fond de son cœur, aurait-elle trouvé une autre source à sa mélancolie ? C'est ce qu'elle ne cherchait pas à découvrir, et elle l'ignorait très sincèrement.

CHAPITRE IX
PLANS DE STRATÉGIE GALANTE

À peine de retour à Paris, Lionel courut chez le comte d'Estouteville pour accomplir l'engagement pris d'assister à des déjeuners exquis, et fort recherchés par les jeunes gens les plus élégants, que Henri donnait tous les lundis. Les convives accoutumés furent un peu étonnés de cette nouvelle recrue, mais d'Estouteville était leur roi et pouvait se permettre toutes les excentricités. — Le déjeuner fini, Lionel exprima son regret de ne pouvoir se trouver au prochain. Il allait s'absenter.

« Où allez-vous ? s'informa négligemment Henri.

— Ramener madame de Saveuse à sa mère ; mais je reviendrai immédiatement après, pour des affaires importantes qui me retiendront longtemps. »

Henri regarda fixement Lionel avec une sorte d'étonnement goguenard qui commença à l'embarrasser, puis se renversant dans son fauteuil en éclatant de rire :

« Ah ! vous avez des affaires importantes à Paris et vous ramenez madame de Saveuse en Limousin ! Ah ! sainte innocence de la province ! on ne te trouve plus que là ! ! Vraiment, mon cher, je vous croyais tout à fait des nôtres ; mais vous le voyez, messieurs, nous faisions injure à sa candeur de le juger si habile. »

Lionel avait bien envie de se fâcher ; déconcerté cependant par la façon péremptoire de Henri qui lui imposait, il se contint et demanda assez humblement l'explication des paroles qui le troublaient. Après s'être fait un peu prier, d'Estouteville consentit à lui démontrer comment il ne fallait pas croire que, sous le masque de la légèreté, les hommes du monde négligeassent leurs ambitions ou leurs intérêts ; tous donc, et Henri le premier, avaient admiré la diplomatie de Lionel qui, sous prétexte d'un méchant procès de quatre sous, était venu si habilement faire invite à l'immense succession de la maréchale et à l'importance que pouvait donner sa faveur, en amenant auprès d'elle une jeune femme qui, singulièrement bien dressée par son mari avait tout d'abord accaparé la tante… Et voilà qu'il fallait retomber de toute cette hauteur de conception pour ne plus trouver dans ce voyage qu'un ménage provincial profitant d'une querelle de chicane pour venir admirer les *merveilles de la capitale* et les raconter à Limoges ! D'Estouteville riait toujours, tandis que Lionel enrageait du fond du cœur. Les autres convives s'étant dispersés, la conversation devint plus sérieuse entre les deux jeunes gens. Il fut convenu, avant de se séparer, qu'une seule affaire était importante pour les Saveuse, celle de s'emparer entièrement de la maréchale ; on en était déjà en fort bon train. Henri se laissa dire par Lionel combien elle était impérieuse, exigeante, égoïste. Il ajouta de son côté qu'elle était capricieuse et mobile : sa nièce paraissait bien son héritière naturelle, mais tout le monde lui avait vu quelques années plutôt adopter le chevalier d'Aubemer, pareille fantaisie pouvait lui reprendre pour un autre. Il fallait donc cultiver la préférence que madame de Saveuse avait le talent d'inspirer à la vieille maréchale, et l'entretenir incessamment par sa présence et par ses soins. Lionel confessa humblement sa crainte de ne pouvoir faire entrer sa femme dans ses vues ; elle aimait sa tante, mais beaucoup moins que sa mère, et ne rêvait que le retour à Saveuse.

« Eh bien ! tant mieux, mon cher, reprit d'Estouteville. Vous avez trop d'esprit et de jugement pour ne pas savoir diriger votre petite femme sans qu'elle s'en doute, et les instruments aveugles sont souvent les plus utiles dans une main intelligente. »

Tout bien considéré, il fut décidé, séance tenante, que les Saveuse n'iraient pas en Limousin, et que dès l'hiver prochain l'habileté de Lionel devait, en réussissant à s'installer en maître à l'hôtel d'Aubemer, en faire l'homme le plus à la mode de Paris.

Le raccommodement entre d'Estouteville et la princesse de Montford s'accomplit dans ce même temps très ostensiblement. Lionel en prit assez d'humeur, mais n'osa pas la témoigner à ces deux coryphées[1] de l'élégance. À un grand dîner à l'hôtel de Montford, à plusieurs soirées priées chez la maréchale, les empressements de Henri furent trop frappants pour n'être pas remarqués, et cette reprise de sentiment fit remettre sur le tapis une liaison dont on ne parlait plus. Gudule en entendait souvent plaisanter, et le nom de la

---

1 Dans le sens antique, le coryphée est le chef de chœur, mais il est utilisé ici dans le sens figuré de celui qui tient le premier rang dans un parti ou une société.

princesse Simon lui rappelait des souvenirs trop pénibles pour que ces conversations ne lui parussent pas éminemment désagréables. Elle n'avait pas occasion de témoigner de froideur à d'Estouteville, car il s'occupait très peu d'elle, mais au fond de son âme elle en ressentait une très grande pour un homme capable de livrer son cœur à une personne aussi fausse et aussi artificieuse que la princesse Simon. La maréchale, de son côté, observait les deux jeunes gens et se rassurait pleinement sur le goût naissant qu'elle leur avait craint l'un pour l'autre. La princesse Simon avait tiré trop bon parti de Lionel pour lâcher entièrement la chaîne dont elle le tenait à ses pieds, et lui accordait suffisamment de cajoleries pour l'y retenir. Elle aurait désiré se débarrasser de madame de Saveuse et pressait le départ pour le Limousin, mais Lionel était cloué à Paris par les rires moqueurs de Henri, et les efforts de la princesse ne pouvaient le décider à éloigner sa femme de la maréchale. Il se serait bien gardé toutefois de lui laisser entrevoir la profonde politique de sa décision, un instinct secret l'avertissait qu'elle en serait révoltée… D'Estouteville, au reste, ne lui avait-il pas assuré qu'habilement dirigée *la petite* jouerait d'autant mieux son rôle qu'elle le comprendrait moins ? Toujours inquiet de la supériorité qu'il ne pouvait s'empêcher de reconnaître à sa femme, Lionel se trouvait extraordinairement flatté que Henri le plaçât si hautement en première ligne.

Avertie par la lettre de madame d'Aubemer, Caroline avait engagé la baronne de Saveuse à rappeler péremptoirement son fils ; mais celle-ci, avec l'obstination entêtée qui lui était ordinaire, affirmait que Lionel désirait fort revenir, et s'il restait à Paris c'est que sa présence y était effectivement indispensable. Caroline n'ayant pu la tirer de cet ordre d'idées écrivit à sa fille que son devoir la devait retenir auprès de M. de Saveuse ; et la triste Gudule dut se conformer aux ordres qui lui arrivaient ainsi de tous côtés. Cependant elle dépérissait, ses belles couleurs se fanaient, sa gaieté s'altérait. Madame d'Aubemer remarquait ces changements et les attribuait aux inquiétudes causées par la conduite de son mari. La voyant très pâle un matin, elle lui dit :

« Vous êtes souffrante, Gudule ?

— Un peu, ma tante ; ce beau soleil m'attriste au milieu des murailles de Paris.

— Eh bien, allons à Magnanville, vous y trouverez au moins des arbres et de l'eau, à défaut de vos montagnes.

— Ah ! oui, ma tante, allons à Magnanville… maman m'en a tant parlé !… mais, ma tante, maman pense que je ne dois pas m'éloigner de Lionel ?

— Eh bien, Lionel viendra avec nous,

— Le voudra-t-il ? »

Et la teinte rembrunie qui se montra sur le joli visage de madame de Saveuse confirma la maréchale dans l'idée que la mélancolie de sa nièce tenait à l'infidélité de ce sot mari qui lui en parut d'autant plus maussade.

D'Estouteville avait repris l'habitude de passer une partie de chaque soirée chez la maréchale. Pleinement rassurée sur les soupçons qu'elle avait un moment conçus, elle l'engagea à venir à Magnanville. Il accepta avec politesse, mais sans montrer d'empressement.

CHAPITRE X
MANŒUVRES DÉJOUÉES

À Magnanville, où Lionel avait promis de se fixer, comptant bien n'en rien faire, madame de Saveuse recouvra la santé et une partie de sa sérénité. La société qui entourait madame d'Aubemer avait plus de mouvement dans l'esprit que dans les habitudes extérieures, mais la maréchale attirait chez elle de jeunes voisines fort agréables avec lesquelles Gudule montait, à cheval et prenait l'exercice presque indispensable à son âge. Elle était à la campagne depuis près d'un mois lorsque Lionel, au retour d'un des séjours qu'il faisait fréquemment à Paris, en ramena d'Estouteville. Pendant les vingt-quatre heures qu'il devait y passer, on parla des nouvelles expériences d'un très habile chimiste, ami de la maréchale, et qui se trouvait présent. De questions en questions, de propos en propos, il en vint à offrir de faire à ces dames un petit cours de physique expérimentale à l'usage des gens du monde, si on pouvait lui fournir un local et lui laisser le temps d'apporter le mobilier requis. Cette idée enchanta madame de Saveuse ; la maréchale y prêta volontiers les mains. Un pavillon à l'angle de la grande cour fut choisi pour établir le laboratoire ; deux heures ne s'étaient pas écoulées que les ouvriers, sous l'inspection de M. Chevreux,[1] travaillaient à l'approprier à sa nouvelle destination. D'Estouteville avait été des plus ardents à lever toutes les difficultés ; il adorait la chimie, disait-il, et s'était montré tout à la fois suffisamment habile et suffisamment ignorant, selon l'occurrence, pour animer le zèle du savant et se trouver appelé tout naturellement à devenir son aide dans ce cours, dont il avait d'assez grandes notions, mais où il aurait encore tant à apprendre ; il se trouva donc devoir séjourner à Magnanville un assez bon nombre de jours sans qu'il semblât en avoir eu la préméditation et uniquement par amour de la science. Il partit le soir même pour Paris emmenant M. Chevreux, et promettant tous deux de revenir ensemble la semaine suivante. D'Estouteville, nous ne pouvons le dissimuler, était parfaitement content de lui-même dans cette circonstance ; il trouvait bien madame de Saveuse un peu froide pour lui, mais il s'en inquiétait peu ; il était presque tenté d'en tirer bon augure ; il avait réussi à la retenir indéfiniment à sa portée. Lionel était devenu son complice ; et la maréchale, la seule qu'il redoutât sur le terrain où il voulait triompher, paraissait tellement rassurée, que les soupçons précédemment conçus rendraient d'autant plus facile de tromper sa surveillance. Ne venait-elle pas d'accepter comme chose indifférente le séjour nécessairement assez prolongé qu'il devait faire à Magnanville ? Avec une fatuité que ses

---

1 Comme pour Magnanville, ce nom n'a probablement pas été choisi au hasard. Dom Ambroise Chevreux est un religieux français, né le 13 février 1728 à Orléans et mort le 2 septembre 1792 à Paris sur l'échafaud avec quarante des moines de la congrégation de Saint-Maur dont il fut le dernier supérieur.

nombreux succès excusaient un peu, Henri ne doutait guère de réussir auprès d'une jeune personne sans expérience, que lui-même qualifiait de petite provinciale, tout en la trouvant charmante.

D'Estouteville n'eut garde de manquer au rendez-vous ; il ramena M. Chevreux qui avait rempli la voiture de creusets, de cornues, de chalumeaux, etc., etc., aussi bien que d'ingrédients tous plus dangereux les uns que les autres. Henri faisait un récit plaisant de la façon dont M. Chevreux déposait les divers paquets dans la voiture, recommandant très soigneusement les instruments délicats et fort négligemment les fioles qui en se cassant devaient incendier ou faire sauter en l'air les voyageurs. Henri prétendait, en revanche, avoir accordé son attention toute spéciale à ces insidieux compagnons de route, pendant la course que M. Chevreux lui avait fait faire sur cette batterie de nouvelle espèce sans en prendre ombre de souci. Tout le monde riait, M. Chevreux comme les autres.

« Vous ne rendez pas suffisamment justice à ma prudence, monsieur le comte, dit-il en tirant un papier de la poche de son gilet ; voilà une petite poudre à laquelle le moindre frottement communiquerait l'effet de la foudre et nous aurait infailliblement tués tous les deux… »

Gudule frissonna et se sentit un peu refroidie pour la chimie…

« Avec la permission de madame la maréchale, je vais la déposer en lieu sûr ; je n'ai voulu en confier le transport qu'à moi-même. »

Personne ne fut disposé à le retenir.

Le cours professé à Magnanville, et suivi avec un grand intérêt, touchait à sa fin. D'Estouteville en était un peu victime ; M. Chevreux croyait parfaitement à l'amour pur de la science, et le candide savant mettait souvent en réquisition l'assistance intelligente de son jeune second pour préparer les leçons, lui enlevant ainsi les moments qu'il aurait préféré employer autrement ; mais la crainte d'éveiller l'attention de madame d'Aubemer le forçait à se soumettre à la naïve tyrannie du maître. D'Estouteville était donc assez désappointé ; vainement il avait préparé le théâtre, écarté les acteurs qui le gênaient, la tante se trouvait rassurée, le mari fait à souhait, la princesse Simon retenue au loin chez son père où la présence d'un ministre, que le prince de Montford ménageait, la fixait. Henri avait ses coudées franches et n'en était pas plus avancé, car il avait oublié dans son programme les deux rôles principaux ; madame de Saveuse restait également froide et polie ; lui, devenait passionnément, sincèrement amoureux, et par conséquent timide, maladroit. Il n'avait point douté de ramener promptement madame de Saveuse au point de sympathie qui s'était formé entre eux avant le séjour chez la duchesse de Montford, et la route lui paraissait ensuite toute tracée pour conduire la jolie provinciale jusqu'à la séduction, que les habitudes du monde où il vivait lui faisaient envisager sans le moindre scrupule. Il avait compté sur des froideurs simulées, sur une scène, une explication, un raccommodement, enfin sur tout ce qui compose les petits drames, notés d'avance, d'une société corrompue. Henri connaissait si bien les femmes !... c'était là sa prétention !... Oui, en effet, il devinait intuitivement toutes les pensées des êtres factices qui peuplent les salons, mais la nature simple, franche, candide de Gudule, non seulement il ne la prévoyait pas, mais il ne pouvait même se l'expliquer. Sa froideur n'était nullement simulée, elle la ressentait réellement ; ce n'était point de la colère, de la jalousie, encore bien moins un jeu de coquetterie ; l'impression était sincère. Sans doute, et fort à son insu, l'admiration qu'elle avait conçue pour la supériorité de Henri avait un moment illuminé sa vie, elle avait cru à l'être idéal que les femmes rêvent toujours plus ou moins vaguement. Accoutumée, sans trop le remarquer, à se trouver l'objet de sa constante occupation, elle avait éprouvé un grand vide en se voyant retirer cette flatteuse attention, pour la voir prodiguée à une personne qu'elle se sentait ennemie ; mais ayant où rattacher ailleurs la tristesse dont elle se trouvait si péniblement atteinte, elle ne lui avait pas reconnu sa véritable cause, la reprise d'empressement entre la princesse de Montford et d'Estouteville ayant renouvelé les commérages de société sur ces rapports. Gudule avait entendu raconter sur lui des traits de légèreté et de trahisons envers les femmes, que l'on répétait sans malveillance et comme des anecdotes piquantes, mais qui blessaient profondément la moralité d'une jeune personne à peine échappée au donjon paternel ; et, avec cette intolérance inhérente aux premières années de la vie, elle en avait conclu que, dès que M. d'Estouteville ne possédait pas toutes les perfections dont elle l'avait bénévolement doté, il devait être un monstre de duplicité. Elle se trouvait donc fort en suspicion vis-à-vis de lui, et ce regard d'intelligence mutuelle qu'ils échangeaient fréquemment autrefois avait cessé de lui être accordé. Si, en revanche, il exprimait un sentiment noble ou délicat, un éclair de surprise passait dans les yeux de madame de Saveuse, mais était promptement suivi d'un sourire dédaigneux. Cependant lorsqu'après un séjour de trois semaines à Magnanville Henri d'Estouteville dut enfin prendre congé, il n'avait pas entièrement perdu ses peines ; Gudule, en le voyant si parfaitement aimable, si constamment bon et obligeant, se disait de, temps en temps : « C'est bien dommage ! ... » et son départ la laissa très ennuyée ; mais tous les habitants de Magnanville regrettaient aussi bien qu'elle la fin de cet amusant cours de chimie.

Henri avait vainement cherché une occasion d'explication ; d'ailleurs qu'aurait-il pu dire ?... « Il m'a fallu éloigner les soupçons de madame d'Aubemer et détourner de vous la jalouse colère de madame de Montford... » Bien assuré que Gudule se montrerait courroucée autant que révoltée de pareils aveux, il n'avait d'autre parti à prendre que de travailler à regagner pied à pied le terrain qu'il avait perdu par son trop d'habileté. Le calcul au reste s'était éloigné de son cœur à mesure que la passion s'en emparait. C'est dans cette disposition qu'il partit pour la garnison où il devait résider quatre mois ; ces quatre mois paraissaient quatre siècles à ce jeune homme blasé de succès et pourtant amoureux pour la première fois.

CHAPITRE XI
PROGRÈS OCCULTES

L'air de la campagne, l'exercice, une vie plus semblable à ses habitudes, avaient rendu la santé à madame de
Saveuse ; elle avait recouvré sa fraîcheur, parfois sa gaieté,
mais non pas la sereine égalité de son humeur : elle avait de
fréquents retours de tristesse. Lionel était plus que jamais
sous le sceptre de la princesse de Montford, qui le gouvernait
on ne saurait plus mal ; depuis deux années elle-même avait
subi le joug, Henri la dominait ; elle s'en dédommageait en
exerçant sur M. de Saveuse une tyrannie absolue et capricieuse. Le nom de la princesse Simon revenant sans cesse
dans les discours de Lionel forçait Gudule à s'occuper des
chagrins qu'elle était censée lui causer ; ce n'était jamais sans
s'étonner qu'une pareille femme pût inspirer des sentiments
tendres. Cette pensée lui venait d'abord au sujet de Lionel,
mais elle le traversait vite pour s'arrêter longuement sur
Henri, dont elle ne faisait pas difficulté d'admettre la très
grande supériorité. Ces réflexions, purement philosophiques,
ne l'effrayaient nullement, captivaient son esprit et remplis-
saient ses loisirs ; si bien qu'à force de chercher à s'expliquer

la passion de M. d'Estouteville pour madame de Montford, elle en était constamment occupée. Et c'était pourtant la seule chose dont elle ne parlât pas à madame d'Aubemer, qui de son côté lui dissimulait de son mieux la conduite de Lionel, et donnait à sa nièce la plus grande preuve d'affection en n'épargnant aucun soin pour retenir à Magnanville ce mari qui lui devenait de plus en plus insupportable. Un matin où ces deux dames travaillaient l'une à côté de l'autre, livrées à leurs réflexions, la maréchale interrompit le silence en demandant à madame de Saveuse quand son amour pour Lionel avait commencé. Elle sourit doucement :

« En vérité, ma tante, je n'en sais rien ; j'ai toujours été enseignée à le considérer comme devant être mon mari.

— Mais enfin, pour refuser si haut la main ce pauvre chevalier d'Aubemer, il vous fallait un motif impérieux.

— À cela, par exemple, je puis répondre plus nettement ; je voulais rester à Saveuse auprès de mon grand-père, et ne jamais quitter maman. »

Madame d'Aubemer leva les yeux et la regarda sans parler. Gudule rougit légèrement.

« C'est vrai, ma tante… mais cela n'était pas présumable… et maintenant, on dit que c'est mon devoir… »

Elle détourna la tête pour dissimuler quelques larmes furtives ; et la maréchale, regrettant de les avoir provoquées, s'empressa de détourner la conversation.

L'été s'écoulait. D'Estouteville avait écrit de loin en loin à la maréchale des lettres fort spirituelles ; elle les montrait à son petit cercle d'intimes, et cela donnait occasion de faire son éloge.

La liaison de Lionel avec madame de Montford commençait à faire éclat dans le public, à la grande satisfaction de l'un et à la parfaite indifférence de l'autre. La duchesse de Montford, en revanche, en était courroucée, et le prince Simon contrarié ; Lionel l'ennuyait et ne pouvait jamais lui être bon à rien, tandis que Henri causait bien et possédait des rapports bons à être employés dans l'occasion. Du reste il continuait son rôle d'aveugle volontaire, ayant seulement prévenu sa femme qu'il trouvait *son* M. de Saveuse assommant et ne voulait pas être exposé à le rencontrer aux heures, assez courtes, où il quittait son cabinet ; d'autant que le pauvre Lionel, sachant par théorie qu'il fallait être l'*ami du mari*, lui faisait mille avances des plus gauches, et le prince Simon craignait de ne pouvoir maîtriser une rebuffade dont l'effet aurait déjoué tout le plan de conduite qu'il trouvait commode d'adopter.

De temps immémorial le curé de Magnanville dînait tous les dimanches au château. C'était le dernier de la saison, il s'excusa cependant ; son frère, lieutenant d'infanterie, relevant de maladie, venait d'arriver au presbytère. La maréchale lui fit dire d'amener M. son frère. Malgré les encouragements du curé, l'officier se sentait fort emprunté en si brillante compagnie et semblait très mal à son aise. Gudule, avec sa bonne grâce et son bon cœur, le prit sous sa protection spéciale, le fit asseoir près d'elle à table et lui parla d'abord de son frère, puis de son pays qu'il n'avait pas visité depuis vingt ans, puis enfin de son régiment. Elle avait trouvé le point où le cœur du vieux lieutenant s'épanouissait ; il s'exprima avec l'amour qu'il portait à son corps, et cela l'amena tout droit au colonel, objet de son enthousiasme passionné. Ce colonel avait débuté sous-lieutenant dans sa compagnie ; c'était alors le plus aimable enfant, le plus espiègle, le meilleur cœur... le lieutenant souriait en y pensant ; lui-même l'avait dressé aux devoirs militaires, et il osait dire qu'il n'y manquait rien... puis il l'avait perdu de vue pendant quelque temps. Madame la comtesse pouvait penser avec quel bonheur il l'avait vu arriver l'année précédente son colonel au régiment ! et encore, ne l'ayant pas oublié, l'appelant son *bon maître es armes*, le remerciant de son ancienne sévérité (et il avait raison, car elle lui coûtait beaucoup), et le comblant de marques d'intérêt. Sa sollicitude au reste s'étendait sur tout le corps d'officiers ainsi que sur le soldat ; aussi bien en était-il adoré, tous donneraient leur vie pour lui ; vienne la guerre et l'on verrait ce que ferait Navarre[1] sous un tel chef ! Puis suivirent une multitude de détails assez prolixes à l'appui des mérites, des talents, des vertus du colonel, et enfin le récit des soins presque filiaux qu'il en avait reçus pendant sa récente maladie. Ici le lieutenant s'attendrit et s'interrompit un moment ; Gudule l'écoutait avec un grand intérêt et un léger battement de cœur. Il reprit bientôt :

« Pourvu toutefois que mon colonel ne se dégoûte pas du service ! Nous le trouvons triste cette année ; et lorsque je lui ai dit que je passerais mon congé de convalescence chez mon frère curé de Magnanville, figurez-vous, madame, qu'il a soupiré comme si son cœur allait se briser en me répondant : *vous êtes bien heureux...* Ma foi, si le comte Henri

---

1 L'expression reste mystérieuse. À l'époque où se situe le roman, le royaume de Navarre est rattaché à la couronne de France depuis 1572 (Henri III). Elle fait peut-être allusion au caractère belliqueux mais peu enclin à l'obéissance de ses habitants.

d'Estouteville n'est pas le plus heureux des hommes, lui, je ne sais pas qui aura le droit de l'être. »

Madame de Saveuse s'attendait à ce nom, un instinct secret le lui avait annoncé, elle ne fut pas surprise et pourtant elle rougit excessivement. Le dîner s'achevait avec les discours du lieutenant. Lorsque Gudule fut retirée le soir dans son appartement, elle se les rappela avec complaisance ; la bonhommie de l'officier la touchait ; puis elle pensa, avec moins de satisfaction, que ce soupir assez triste pour frapper cette nature grossière s'exhalait pour la princesse Simon ! En posant la tête sur son oreiller elle ne put s'empêcher de souhaiter qu'un attachement plus digne de M. d'Estouteville l'arrachât à celte coupable liaison ; elle aurait voulu lui voir épouser une femme capable d'apprécier tant de bonnes qualités et de l'entraîner dans une autre voie que celle où il marchait… Gudule s'endormit dans ces pensées et rêva que cette femme, c'était elle ; le lendemain, elle n'avait pas oublié ce rêve ridicule, mais elle en souriait sans en être troublée.

CHAPITRE XII
UNE COURSE À VINCENNES

La fin de l'automne vit M. et madame de Saveuse installés à l'hôtel d'Aubemer et Lionel dans la plénitude de sa gloire, ayant mené de front ses intérêts et ses plaisirs. Gudule, présentée à la cour par sa tante, y avait obtenu de grands succès, et chacun, en l'annonçant comme l'étoile la plus brillante de la mode pour l'hiver qui s'approchait, attisait la haine que la princesse de Montford lui portait. Elle s'était mise cependant à lui faire de grandes avances, repoussées par madame de Saveuse avec une politesse froide qu'on attribuait à sa jalousie de Lionel. La maréchale en était convaincue et cherchait à distraire sa nièce en l'entourant de soins et de plaisirs ; elle espérait y avoir réussi jusqu'à un certain point, car Gudule reprenait cette sereine gaieté, cette douce égalité d'humeur qui, un temps, semblait l'avoir abandonnée. D'Estouteville, profitant de la nouvelle liaison si hautement affichée par la princesse Simon, avait rompu avec elle tout en conservant les formes d'un homme de bonne compagnie ; il fréquentait encore le salon de la duchesse de Montford, y était parfaitement poli pour sa belle-fille, mais ne mettait pas le pied chez elle et ne répondait plus à ses lettres. Lionel s'en affligeait ; très versé dans le texte du code de la galanterie, il savait qu'il fallait être plein d'égards pour l'amant supplanté lorsqu'on ne se battait pas avec lui ; mais aussi bien que le prince Simon, Henri ne lui donnait aucune occasion de mettre sa théorie en pratique et le traitait précisément avec la même condescendance familière qu'avant ses grands succès, ne lui donnant pas lieu d'exercer le nouveau rôle où il s'était diligemment préparé.

Avant même qu'elle fût tout à fait marquée, madame de Saveuse avait deviné la rupture de M. d'Estouteville avec la princesse ; elle était très consciencieusement *bien aise* pour lui, un peu plus honteusement *bien aise* de voir une contrariété à madame de Montford qu'elle avait *devoir* de n'aimer pas. Quant à elle, comme de raison, elle n'avait aucun intérêt personnel dans cette aventure, et la pauvre Gudule fut même assez contente d'elle-même et de la victoire remportée sur son propre cœur, en s'apercevant, dans le courant de l'hiver, que son animadversion pour la princesse Simon s'était fort amortie. Il n'était plus question de retour en Limousin, et la comtesse Lionel, encouragée par sa mère, se résignait au séjour de Paris.

Cet Henri d'Estouteville que nous avons vu préparer avec tant de sang-froid des projets de séduction, y avait-il donc renoncé après avoir aplani les premiers obstacles ? Il n'en savait rien ; sincèrement amoureux, il n'était occupé qu'à dissimuler sa passion au monde, à la maréchale et surtout à madame de Saveuse, car il ne doutait pas d'être expulsé si elle se laissait apparaître. Parfois il se flattait d'avoir fait quelque progrès dans le cœur de Gudule, mais il était trop distingué pour être réellement fat, et un mot plus froid suffisait à le décourager ; la franchise ouverte avec laquelle madame de Saveuse lui donnait son assentiment lorsqu'elle approuvait ses paroles ou ses actions, le déroutait ; accoutumé aux minauderies, aux réticences des femmes rendues habiles par le contact du monde, il ne savait pas qu'on peut, sans s'en douter, aimer de toutes les forces d'une âme noble et pure ! La sincère Gudule, hélas, l'ignorait encore plus ; elle acceptait en pleine sécurité les soins constants dont Henri l'entourait sans empressement trop marqué ; de jour en jour ce regard si froidement inquisitif, souvent si dédaigneux, qu'elle lui réservait à Magnanville s'adoucissait, elle ne témoignait plus d'étonnement à lui entendre exprimer les pensées élevées, les sentiments délicats, et les yeux de Gudule reprenaient l'habitude d'aller ouvertement et franchement redemander à ceux de Henri cette tacite communication témoignant de la sympathie morale qui existait entre eux. Voilà le seul progrès fait par Henri durant l'hiver, mais il lui avait coûté beaucoup de soins et il s'en trouvait heureux.

Telle était encore la position lorsqu'un beau jour de printemps l'annonce d'une course réunit au bois de Vincennes[1] tout ce que la cour et la ville comptaient de plus élégant. Une circonstance fortuite ayant retardé l'heure où elle devait avoir lieu, les jeunes gens voulurent tromper l'ennui de l'attente en improvisant une sorte de course aux barrières,[2] et les calèches se dirigèrent vers le lieu qu'ils avaient choisi. M. de Saveuse avait proposé cet épisode à la matinée et s'y montrait fort à son avantage ; sa belle figure animée

---

1 *Cf.* l'introduction.
2 *Idem.*

par l'exercice et la joie du succès que lui et son cheval venaient de remporter, brillait de tout son éclat et en faisait le roi de la course. Lorsque d'Estouteville parut, Lionel l'engagea à se joindre aux coureurs, bien persuadé de conserver dans le bois la supériorité qu'il lui devait céder dans les salons. D'Estouteville accepta avec cette facile négligence qu'il apportait à ces sortes de choses, et, rendant la main à son léger coursier, partit au galop ; bientôt on le vit revenir sautant les barrières avec une souplesse pleine de grâce. Il en avait franchi trois, mais au moment où son cheval était enlevé, rasant la dernière, un malheureux enfant échappé de la main de sa mère traversa la route ; d'Estouteville craignant de l'écraser retint la bride, et le cheval arrêté dans son élan se renversa en arrière et roula sur son maître. Un cri déchirant se fit entendre et madame de Saveuse qui se trouvait debout dans la calèche stationnaire de sa tante en serait tombée si M. Chevreux, entraîné par ces dames à Vincennes, ne l'avait reçue dans ses bras ; elle était évanouie. M. Chevreux, plus attentif aux lois de l'hygiène qu'à celles des convenances, cria aux gens de la maréchale d'ouvrir la portière, et avant que madame d'Aubemer eût le temps de s'y opposer, madame de Saveuse se trouvait étendue sur le gazon à quelques pas de la route, M. Chevreux lui tâtant le pouls et assurant que ce n'était qu'un saisissement dont elle ne tarderait point à revenir. D'Estouteville n'était pas assez grièvement blessé pour n'avoir pas entendu ce cri, et se dégageant adroitement de dessous son cheval il s'était promptement réuni au groupe formé autour de la jeune femme, encore sans connaissance. La maréchale s'évertuait à raconter comment, de sa calèche, on avait dû croire l'enfant écrasé, et comment madame de Saveuse en avait été épouvantée ; chacun accueillait cette version avec un sourire d'incrédulité, hormis M. Chevreux qui y croyait parfaitement, et Henri qui n'osait croire autre chose. Gudule cependant commençait à reprendre ses sens, elle ouvrit les yeux. M. Chevreux, dans sa naïve simplicité, se hâta de lui dire :

« Soyez tranquille, madame la comtesse, l'enfant n'a pas été touché.

— Quel enfant ? » reprit Gudule, et son regard tombant sur Henri elle s'écria :

« Ah ! Dieu soit loué ! » et, cachant son visage, subitement empourpré, dans ses mains, fondit en larmes.

« C'est la fin de la crise nerveuse, » dit l'imperturbable M. Chevreux, tandis que la maréchale se mordait les lèvres et que d'Estouteville cherchait à dissimuler la profondeur de sa joie. Madame d'Aubemer, remise la première, tâcha d'occuper l'attention des détails de la chute pour l'éloigner de l'accident survenu à Gudule ; mais la malice publique s'arrangeait trop bien de réunir les deux faits pour consentir à les séparer, et déjà les noms de M. d'Estouteville et de madame de Saveuse circulaient ensemble. Lionel resté en arrière était accouru pour donner secours à Henri, et, suivant son penchant, s'occupait à relever le cheval plus blessé que son maître, lorsque la princesse Simon lui cria :

« Arrivez donc, monsieur de Saveuse, votre femme n'a pu voir le danger de M. d'Estouteville sans se trouver mal d'effroi… ou peut-être l'a-t-elle pris pour vous. Venez la rassurer en vous montrant, » ajouta-t-elle en éclatant de rire, et s'emparant de lui elle l'entraîna vers le groupe qui s'accroissait sans cesse, au moment où les larmes de Gudule la rendaient à la vie et à elle-même. Se relevant alors avec calme et dignité, elle prit le bras de son mari et se dit en état de remonter en voiture, malgré les efforts de M. Chevreux qui réclamait encore quelques instants de repos absolu. La maréchale se hâta de la précéder ; mais avant de se placer dans la calèche, madame de Saveuse adressa son compliment à M. d'Estouteville en ajoutant du ton le plus simple que l'effroi de sa chute avait causé son saisissement. Henri ne répondit que par un profond salut et un coup d'œil de reproche d'atténuer ainsi son bonheur. Gudule ne le comprit que trop, elle baissa les yeux et ne put s'empêcher de les relever plus tendrement ; un éclair de joie la remercia. La correspondance d'un amour passionné venait de s'établir.

Madame d'Aubemer dit à son cocher d'avancer. Elle aurait trouvé mieux d'assister à la véritable course dont le moment approchait, mais la proposition arracha à madame de Saveuse un « ah, ma tante ! » si douloureux, qu'elle donna l'ordre de rentrer dans Paris. Appuyées au fond de la calèche, ces deux dames n'eurent aucune peine à suivre la prescription de M. Chevreux de garder le silence. Quant au calme qu'il leur conseillait également, ni l'une ni l'autre n'y prétendaient. Arrivés à l'hôtel d'Aubemer, M. Chevreux insista pour tâter le pouls de madame de Saveuse, le trouva fort agité, recommanda de la mettre au lit et de l'y retenir toute la journée. Elle se sentait trop besoin de solitude pour s'y opposer ; la maréchale de son côté prévoyait des ennuis de toutes parts et n'était pas fâchée d'avoir le temps de réfléchir à loisir ; on obéit donc. Mais avant de prendre congé, M. Chevreux annonça le projet de se rendre chez d'Estouteville pour l'engager à se faire saigner ; il avait été frappé de l'altération de sa figure, le croyait plus atteint qu'il n'avait voulu l'avouer, et souvent ces chutes sans fractures étaient les plus fatales par leurs suites. Laissant ce nouveau scorpion dans le cœur de madame de Saveuse, l'excellent M. Chevreux se retira ayant dans sa naïve bonhomie bouleversé l'existence de tout cet intérieur et compromis sa favorite devant le public sans en avoir le moindre soupçon.

À peine la calèche de la maréchale partie, Henri avait dû avouer qu'il souffrait beaucoup, l'épaule droite était pour le moins fort contusionnée et le poignet foulé. Il avait voulu monter le cheval de son palefrenier, le sien étant blessé, mais en avait reconnu l'impossibilité et accepté l'offre de la duchesse de Montford de le reconduire chez lui.

Lionel avait été désagréablement frappé de l'état de sa femme ; il la savait impressionnable au danger des autres, mais de sa vie elle ne s'était évanouie ; cela lui déplaisait. Toutefois les soins à donner au cheval de Henri, superbe animal, l'animation du terrain de course, les paris, l'habileté à fixer les différences[1], l'attention à les régulariser, l'argent à perdre, à gagner, tout cela l'avait suffisamment distrait pour que l'épisode de la chute fût à peu près effacé lorsqu'il descendit de cheval chez la princesse Simon, au retour de Vincennes.

---

1 Le sens n'est pas très clair et n'a été trouvé dans aucun des dictionnaires consultés. Le *TLFi* donne bien *perte subie par un joueur*, avec un exemple de la fin du XIXᵉ siècle qui pourrait s'appliquer au monde des courses, mais la phrase, qui évoque plus loin *l'argent à perdre, à gagner* semblerait alors un peu redondante, outre qu'on ne voit pas quelle habileté serait nécessaire. En restant dans le champ sémantique ouvert par le terme les paris, on peut penser qu'il s'agit de la fixation des cotes des différents chevaux avant la course, qui évoluent – *l'attention à les régulariser* – en fonction du nombre de parieur qui font porter sur eux leurs enjeux, ce qui requiert effectivement quelques compétences.

« Eh bien, lui dit-elle, quel parti allez vous prendre ? »

Lionel était à mille lieues de penser qu'il fut appelé à une décision ; mais madame de Montford agit si puissamment sur cette nature aussi faible que grossière, qu'en une demi-heure elle l'eut monté à l'excès de la colère. Jamais, assurait-elle, scène tellement scandaleuse ne s'était donnée en public, et Lionel serait la fable de Paris s'il n'en témoignait son ressentiment. Une fois alarmé sur la conduite de Gudule, M. de Saveuse, oubliant tout à la fois ses propres actions et combien ses diatribes se trouvaient offensantes pour la princesse Simon, s'abandonna aux plus vulgaires imprécations sur les femmes en général et sur la sienne en particulier ; puis, revenant à des sentiments qui émanaient plus directement de lui-même, il se désola de la chute d'un être si supérieur ; et se reprocha de l'y avoir exposé. Cette phase de son chagrin ne plaisant guère à la princesse Simon, elle l'interrompit en lui disant d'un ton goguenard :

« Eh bien, il faut renvoyer l'ange à son paradis, puisqu'aussi bien la maréchale s'opposerait peut-être à voir la sainte faire son salut dans un couvent, et son crédit l'emporterait sur le vôtre. »

Lionel plaça ses coudes sur la table et resta quelques instants le visage caché dans ses mains ; puis, frappant violemment sur la table :

« Non, cela n'est pas possible, Gudule est la franchise même !

— Oh ! ce n'est assurément pas de franchise qu'elle a manqué aujourd'hui : elle vous a dit bien clairement à vous et à tout Paris ses rapports avec Henri d'Estouteville. »

Lionel se prit à marcher à grands pas dans la chambre.

« Puisque vous n'avez pas plus de philosophie contre un accident assez commun, quoique je reconnaisse un tel scandale rare, il ne fallait pas vous y exposer ; après tout, c'est votre faute ; que ne la laissiez-vous retourner dans son donjon, quand elle en avait si bonne envie ?

— On m'a dit que je passerais pour un sot, qui laissait échapper la succession de la maréchale.

— Qui vous a dit cela ?

— Henri d'Estouteville, articula Lionel avec un tremblement de colère.

— Henri d'Estouteville !… Ah ! que cela est plaisant ! »

Et elle se renversa dans son fauteuil en se pâmant de rire. Lionel s'arrêta vis-à-vis d'elle en se croisant les bras :

« Oui, très plaisant ; il riait comme cela. » Il reprit sa marche et la princesse ses sarcasmes.

« Comme cela a dû l'amuser… Vous n'avez donc pas compris qu'il voulait la garder ici pour en faire sa maîtresse ! comme ils vous ont bien joué !… »

Et l'hilarité de madame de Montford continuait tandis que la fureur de Lionel croissait de plus en plus.

« Et encore il a le bras fracassé ! » murmura-t-il entre ses dents en se jetant avec violence sur un siège. La princesse Simon le croyait, et le lui avait dit sans émoi ; toute méchante qu'elle était, elle n'aurait pas travaillé de la sorte à exaspérer M. de Saveuse. Elle voulait un esclandre et non pas un combat, éloigner Gudule qu'elle détestait, se débarrasser de Lionel dont elle commençait à être fort ennuyée, les faire partir tous deux, et se venger ainsi de Henri, qu'elle regrettait toujours, en lui enlevant la femme dont elle le savait amoureux depuis longtemps, mais qu'elle avait trop d'usage pour croire sa maîtresse ; elle se fiait d'ailleurs sur sa propre adresse et sur la sottise de Lionel pour calmer l'orage qu'elle suscitait dès que son but serait atteint. La duchesse de Montford avait ramené d'Estouteville chez lui et racontait que son bras s'était démesurément enflé pendant le trajet. Sa belle-fille, aux projets de laquelle cette version convenait mieux, en avait conclu et affirmé à Lionel que ce bras était *fracassé* ; quoique tranquille par là sur les conséquences immédiates, elle le retint chez elle toute la soirée et fort avant dans la nuit, excitant sans relâche sa fureur contre Gudule et l'assurant qu'il devait s'abstenir de paraître en aucun lieu avant d'avoir pris un parti. Les bêtes ont de certains retours qui désarçonnent les plus rusés ; Lionel s'avisa de dire avec une parfaite naïveté :

« Mais pourtant le prince Simon se montre partout. »

La princesse resta un moment interdite, puis répliqua froidement, retenant sa colère :

« C'est qu'il a pris un parti. »

Mais elle se promit en même temps de se délivrer au plus vite d'un amant si maladroit.

CHAPITRE XIII
CATASTROPHE

M. de Saveuse ne rentra à l'hôtel d'Aubemer que lorsque tout le monde était retiré, et il sortit le malin avant l'heure du déjeuner. Cela arrivait souvent, mais cette fois la maréchale le remarqua avec inquiétude, non pas Gudule, elle avait bien autre chose à penser. La journée de la veille s'était passée dans une agitation fébrile ; elle avait voulu paraître au souper afin d'apprendre le résultat de la visite de M. Chevreux à l'hôtel d'Estouteville. Rassurée par le bulletin exact et véridique de l'état de Henri, elle se retira de bonne heure, et, rentrée dans la solitude de son appartement, se livra à l'examen sérieux de son propre cœur : si cette cruelle matinée avait livré son secret au public, c'était en le lui révélant à elle-même ; elle dut s'avouer l'illusion qu'elle se faisait depuis longtemps et reconnaître que Henri régnait despotiquement sur son âme ; plus elle y plongeait, plus elle l'en trouvait remplie, à ce point d'oublier par instants le chagrin qu'elle en éprouvait, pour s'abandonner à l'ineffable douceur d'un amour qu'elle sentait partagé. Mais Gudule n'était pas femme à se complaire à ces tendres langueurs ; le mal une fois reconnu, elle voulait sincèrement, courageusement y porter un remède effectif. Séchant ses larmes et composant son visage, elle entra le lendemain matin chez la maréchale, au moment où, sa toilette achevée, elle allait quitter sa chambre.

« Ma tante, lui dit-elle d'un ton ferme, ma tante, je dois et je veux aller à Saveuse ; parlons de mon voyage à déjeuner comme d'une chose arrêtée. »

La maréchale la contempla un instant avec le plus tendre intérêt :

« Ma pauvre Gudule, combien je suis coupable de vous avoir exposée à un danger que mon expérience devait prévoir ! »

Elle ouvrit ses bras à la jeune femme qui s'y jeta, et, renonçant au maintien factice qu'elle s'était arrangé, fondit en larmes.

« Oui, ma courageuse enfant, reprit la maréchale, oui, vous partirez, nous partirons ; car je ne vous quitterai pas… Mais laissez-moi le soin de préparer ce départ… il ne peut être immédiat… il y a des convenances à garder.

— Ah ! ma tante, la première est de m'éloigner ! Nous savons que je l'aime. Hélas, et lui le sait aussi !

— Ne craignez rien, mon enfant, vous ne le reverrez pas. » Gudule sentit une larme froide glisser dans son sein. « Mais il faut préparer Lionel à cette absence ; lui avez-vous annoncé vos projets ?

— Je ne l'ai pas vu depuis hier matin. » Et la pensée de son mari lui vint pour la première fois. Accoutumée à le peu compter dans les circonstances importantes et ne se reprochant aucun tort envers lui, elle ne l'avait pas intérieurement appelé à ce conseil intime qui bouleversait son existence depuis quelques heures ; mais la question de la maréchale lui fit remarquer l'absence de son mari et elle reconnut lui devoir des ménagements.

« Laissez-moi donc conduire cette affaire, et comptez sur ma sincérité, ma chère petite ; maintenant séchez vos yeux, et allons déjeuner pour ne pas éveiller l'attention des gens : ce sont les pires espions. »

Leur léger repas promptement expédié, ces dames s'établirent dans le petit salon où les habitudes de leur vie occupée leur assuraient la solitude jusqu'à une heure avancée de la matinée ; elles retombèrent bientôt dans la série d'idées dont elles étaient absorbées. Gudule ouvrait son cœur avec la franchise qui la caractérisait ; maintenant qu'elle-même y lisait, elle ne cherchait à rien dissimuler, car elle voulait tout combattre de cette volonté forte avec laquelle on réussit. Tout en l'encourageant à ces nobles efforts, la maréchale compatissait à ces peines ; quoique les circonstances de sa vie lui eussent évité le tourment des passions, madame d'Aubemer avait une de ces organisations délicates qui comprend les chagrins des autres sans les avoir éprouvés. Personne ne s'identifiait mieux aux peines de ses amis et ne savait trouver avec plus de sympathie l'expression propre à les adoucir. Bien persuadée d'ailleurs que Gudule ne pouvait se distraire un moment du coup qui la frappait, elle encourageait ses épanchements. La matinée s'avançait, lorsque mademoiselle Julie réclama la présence de la maréchale dans sa chambre, où des marchands l'attendaient ; elle se hâta de sortir, tandis que Gudule se détournait pour cacher sa figure pâle et inondée de larmes. — À peine la porte fermée, mademoiselle Julie s'arrêta.

« Ah ! madame, un grand malheur !

— Qu'est-il arrivé ? » dit froidement la maréchale accoutumée à entendre traiter de grands malheurs des choses assez futiles, selon l'humeur momentanée de mademoiselle Julie.

« Ce n'est pas que je l'aime, bien au contraire ; tout le monde à l'hôtel est révolté de sa conduite. Mais madame la comtesse est si bonne qu'elle va être au désespoir.

— Au désespoir de quoi ? expliquez-vous donc, je vous prie.

— Eh bien, madame, M. de Saveuse est mort.

— Mort ! comment ?

— Tué d'un coup d'épée. »

Les jambes de la maréchale fléchirent sous elle ; elle envisagea d'un seul coup d'œil toutes les conséquences de ce douloureux événement, ne doutant pas que Henri d'Estouteville ne fut l'antagoniste de Lionel. Elle put à peine se traîner jusqu'à sa chambre où un jeune homme fort pâle et très agité l'attendait. Se laissant tomber sur la première chaise elle lui dit :

« Eh bien, monsieur ?

— Hélas ! madame la maréchale, ma tâche est bien cruelle, mais j'ai cru devoir vous prévenir en précédant ici de quelques instants le corps, malheureusement tout à fait inanimé, qu'on y transporte.

— Où le duel a-t-il eu lieu ?

— Le duel ? ah ! madame, il n'y a pas eu de duel ; le comte Lionel est venu de bonne heure chez ma mère lui demander à déjeuner. Tandis qu'on le préparait, il nous a entraînés, mon frère et moi, au tir de Jasmin, où il a brisé quelques poupées. Il s'y trouvait d'autres jeunes gens ; M. de Saveuse les a tous invités à venir déjeuner dans un café voisin, en envoyant mon frère nous excuser près de ma mère. Il paraissait fort excité. On a bu du vin de Champagne, cependant il n'était pas gris. Il a proposé de se rendre à la salle d'armes ; il n'est pas fort à l'épée et a été souvent touché, ce qui a paru l'exaspérer. — Je veux pourtant, a-t-il dit, apprendre à tuer un homme ; j'ai vu une fois en Italie un coup qui m'a paru immanquable. — Essayez-le, avons-nous crié de toutes parts. — Non, non, il me faut, avant de vous le montrer, le répéter vis-à-vis de quelqu'un qui ne puisse pas le deviner. — J'ai votre affaire, a repris le maître d'armes, voilà monsieur qui en est à sa seconde leçon, et ne sait que tenir son fleuret d'un poignet fort vigoureux, — en indiquant un grand garçon assez gauche et rougissant comme une fille. Le comte de Saveuse a insisté pour qu'on les plaçât dans un cabinet tout seuls, voulant, disait-il, pouvoir s'y reprendre à plusieurs fois pour retrouver le coup, sans être gêné par la galerie. Nous l'avons entendu donner des instructions au jeune homme, en lui recommandant de tenir fortement son arme. Un instant après, deux cris simultanés et la chute d'un corps ont frappés nos oreilles. Nous nous sommes précipités dans le cabinet, où nous avons trouvé le jeune homme debout, immobile comme une statue, un tronçon de fleuret ensanglanté à la main, et M. de Saveuse tombé à terre en proie à d'horribles convulsions. Un médecin qui se trouvait présent lui a donné les premiers secours ; mais le fleuret cassé l'avait atteint au-dessus de l'œil et pénétré jusqu'au cerveau ; il n'a survécu que peu de minutes, et n'a articulé aucune parole. Comment cet accident est-il arrivé ? nous en sommes réduits aux conjectures, car l'infortuné qui a eu le malheur de le tuer, n'a pas pu prononcer une syllabe depuis le fatal événement. »

La maréchale, s'étant un peu remise pendant ce récit, remercia le narrateur qu'elle reconnut pour un des complaisants de Lionel, et après avoir donné des ordres pour la réception du triste cortège, et pour faire appeler, à telle fin que de raison,[1] les gens de l'art les plus accrédités, elle retourna près de sa nièce pour la préparer au coup dont elle devait être frappée.

Deux jours plus tard, madame d'Aubemer partait pour Saveuse, où elle conduisait Gudule, qui voulait y recevoir les restes de M. de Saveuse qu'on y transportait.

La maréchale laissait à ses gens l'instruction d'aller savoir des nouvelles de plusieurs personnes souffrantes et de les lui transmettre par chaque courrier ; au nombre de ces malades était le comte Henri d'Estouteville.

---

1 Façon de parler adverbiale, dont on se sert en style d'affaires, pour exprimer, qu'on fait une chose dans la pensée qu'elle pourra être utile, sans dire précisément à quoi. *Dictionnaire de l'Académie française*, 4e édition, 1762 - 5e édition, 1798 - 6e édition, 1835. On dirait aujourd'hui, « à tout hasard », « à toute fins utiles ».

Sept mois s'étaient écoulés depuis la mort de Lionel, le vieux marquis regrettait encore en lui le père des arrière-petits-enfants qu'il avait espérés, et la baronne le fils de sa tendresse, en dépit des embarras où il l'avait placée. Non seulement Lionel avait dépensé tout l'héritage paternel, mais la baronne avait dû faire de grands sacrifices sur sa propre fortune, et sa belle-fille renoncer à ses droits. Gudule se retrouvait donc la mince héritière des donjons de Saveuse ; mais elle se retrouvait aussi la fauvette et la rose des montagnes, légère et fraîche comme elles. Madame de Saveuse sentait au fond de l'âme une source de bonheur inconnue jusqu'alors, qui l'embellissait encore et se trahissait dans ses moindres actions. Depuis les confidences interrompues par une catastrophe si imprévue et dont Gudule avait été bouleversée, le nom d'Estouteville ne s'était pas prononcé entre la maréchale et sa nièce ; toutes deux cependant y pensaient sans cesse et se devinaient mutuellement. Sous prétexte de remercier madame d'Aubemer de sa bonté à faire demander de ses nouvelles, Henri d'Estouteville lui avait écrit, et une correspondance de plus en plus active s'établissait entre eux ; ses lettres, comme beaucoup d'autres, passaient sous les yeux de Gudule, elle les rendait sans réflexions ; mais sa tante remarquait que ces jours-là sa tendresse pour tous les siens était encore plus expansive et sa gaieté plus franche.

Madame d'Aubemer ne se décidait pas sans un vif regret à quitter Saveuse, le long séjour qu'elle venait d'y faire s'était écoulé comme un songe. Entourée de soins et d'affections, les jours semblables entre eux, mais diversifiés par des occupations variées, lui paraissaient suffisamment remplis, et elle s'était presque avoué qu'il vient un âge pour lequel la monotonie n'est pas de l'ennui, mais seulement du repos. L'air des montagnes lui était salutaire, et surtout le sentiment d'isolement dont elle, souffrait si habituellement, se trouvait écarté d'elle ; avec sa sœur elle pouvait parler de leur jeunesse, de leurs amis d'autrefois ; avec Gudule de ses relations présentes. Le vieux marquis lui-même conservait toute sa mémoire, et, ayant servi dans les mousquetaires, rattachait des souvenirs du temps jadis à ceux plus récents de la maréchale, qui par là semblait se rajeunir à ses propres yeux. Plusieurs voisins, dont quelques-uns assez aimables, se réunissaient souvent au cercle de famille, et, à tout prendre, sept mois venaient de s'écouler fort agréablement. Toutefois la pensée de séjourner un hiver hors de Paris aurait épouvanté la maréchale : jamais cela ne lui était arrivé et lui paraissait chose impossible ; cependant elle retardait de jour en jour son inévitable départ. La première neige l'avertit enfin qu'il n'y avait plus à reculer devant cette fatalité. Elle aurait bien désiré emmener sa nièce ; mais Gudule voulait achever son année de deuil à Saveuse, et la maréchale admettait fort tristement que c'était peut-être plus convenable. En recevant ses commissions pour diverses personnes, la maréchale demanda :

« Ne dirai-je rien de ta part à Henri d'Estouteville ?

— Non, ma tante, répondit Gudule en rougissant... pas encore !... » ajoutât-elle plus bas, avec un doux sourire.

La maréchale la serra sur son cœur.

« Allons, reprit-elle gaiement, je ne parlerai que pour moi ; mais je dirai beaucoup, je t'en préviens. »

Gudule ne s'y opposa pas ; ce nom qui venait de frapper son oreille pour la première fois depuis bien des mois avait retenti dans son cœur si agréablement, qu'elle-même se le répétait à voix haute, et il peuplait la solitude que l'absence de la maréchale lui créait. Sans doute, sa mère lui était aussi chère que jamais, mais elle ne connaissait pas Henri, elle ignorait ses rapports avec lui. La confiance n'aurait pas manqué à Gudule, mais qu'avait-elle à raconter ? Un jour ils s'étaient regardés l'espace d'une seconde, et ce jour était la veille de la mort de Lionel. La maréchale, de son côté, un peu honteuse d'avoir exposé à un danger prévu un instant, mais sur lequel elle s'était ensuite aveuglée, la jeune femme confiée à son expérience, n'était nullement empressée d'en parler à sa sœur, et le secret restait ainsi entre Gudule et sa tante.

À peine madame d'Aubemer arrivée à Paris, M. d'Estouteville accourut chez elle ; il y revint le lendemain et tous les jours. Il ne manquait jamais de texte à leurs causeries, et les lettres écrites à Saveuse étaient remplies de lui. Dépouillant le vernis de fatuité qu'on lui avait connu, Henri avait acquis toute sa valeur intrinsèque ; en conservant les agréments qui l'avaient mis à la mode, il attachait moins de prix aux succès qu'ils procurent et devenait un homme sérieux et moral. Son sentiment pour madame de Saveuse en épurant son cœur avait éclairé son esprit. Le marquis d'Estouteville s'alarmait bien un peu de ce qu'il appelait l'accès de misanthropie de son fils, mais il l'attribuait à sa rupture avec la princesse Simon et comptait sur une nouvelle coquetterie pour l'en tirer. Quant à la princesse Simon, elle ne s'était pas amusée à pleurer Lionel ; après avoir vainement épuisé tous ses efforts à ramener Henri, elle s'était attachée à un bel étranger, magnifique et prodigue, dont elle dirigeait les fêtes, et qui lui procurait ainsi une source nouvelle de distractions et de succès. Elle en était absorbée et oubliait Henri ; celui-ci, aussi ignorant que Gudule du piège que la méchanceté de la princesse avait failli jeter sous leurs pas (car le pauvre Lionel en avait emporté le secret dans la tombe, et la maréchale s'était gardée de répéter le propos qu'on lui avait révélé), celui-ci ne conservait aucune animadversion et la rencontrait avec une complète indifférence.

Malgré les soins de Henri et l'empressement de ses amis, la maréchale retrouva avec un redoublement d'ennui l'isolement du foyer domestique. Les visites, si agréables qu'elles puissent être, suppléent mal aux habitudes de la famille ; madame d'Aubemer en faisait l'épreuve d'une façon sensible et ne songeait qu'aux moyens de se les assurer à l'avenir. L'ennui ramenait ses souffrances, et l'hiver enfin achevé, elle appela sa nièce à grands cris. La bonne Caroline, toujours prête à se sacrifier, ne s'opposa pas aux vœux de la maréchale ; et, pourquoi ne l'avouerait-on pas, Gudule elle-même n'y était nullement récalcitrante ; l'anniversaire était passé, il ne restait plus que six semaines pour achever son deuil, et madame d'Aubemer proposait de les passer à Magnanville... Magnanville rappelait de fort doux souvenirs qu'à présent madame de Saveuse se permettait de comprendre, et c'est avec une satisfaction fort réelle qu'elle s'y retrouva dans les derniers jours d'avril. Gudule était plus charmante encore qu'à sa première arrivée à Paris : à l'expression calme et sereine, quoique forte, de sa physionomie, s'était ajoutée celle d'une sensibilité plus intime, et ses souffrances, tout oubliées qu'elles étaient, lui comptaient en beauté. Le séjour de Saveuse avait rendu à ses vingt-deux ans la fraîcheur de dix-neuf, et celui qu'elle avait fait dans la meilleure compagnie de Paris lui avait donné cette fleur d'élégance qu'elle avait en partie devinée, mais qu'on ne récolte complètement que sur ce sol privilégié. La maréchale ne se lassait pas de regarder sa nièce, et jouissait de son effet sur quelques-uns de ses vieux admirateurs réunis à Magnanville.

Le lendemain de son arrivée, Gudule se trouvait dans le cabinet de la maréchale donnant sur la longue avenue. En apercevant, fort au loin, un homme au galop, s'avançant avec une extrême rapidité, toutes deux s'approchèrent de la fenêtre.

« Je ne puis m'empêcher de trembler, en le voyant à cheval, » dit Gudule.

— Est-ce de joie, ou de crainte ? » répondit la maréchale en riant.

— Peut-être de toutes deux !

— Veux-tu que nous allions le recevoir dans le salon ?

— Non, ma tante, j'aime mieux qu'il vienne ici. »

Henri cependant était arrivé jusqu'au perron, il avait sauté à terre, jeté la bride de son cheval à un des gens du château, les siens étant en arrière, et monté les marches en courant ; les dames qui l'observaient avaient repris leurs places et leur ouvrage, et attendaient en silence son entrée ; plusieurs minutes s'écoulèrent et après avoir échangé leur étonnement en regards, elles l'exprimèrent en paroles : que pouvait-il être devenu ? La maréchale avait bonne envie de sonner pour le demander ; mais Gudule la retint :

« Peut-être, se trouvant chiffonné de sa course, a-t-il été faire sa toilette ?

— Ah ! ma tante !

— Eh bien, non, ne te fâche pas... Alors le saisissement l'a fait évanouir, et il est en travers de la porte ; veux-tu que j'y aille voir ? »

Gudule aurait admis cette version de préférence à la première ; mais ni l'une ni l'autre n'étaient exactes. Henri, inquiet de ne pouvoir maîtriser ses transports, et craignant de déplaire à madame de Saveuse, s'était arrêté au seuil du cabinet où il savait ces dames seules, et s'était dirigé vers la chambre de M. Chevreux, voulant faire du naïf savant, qui certainement ne verrait que ce qu'on lui dirait, le témoin d'une entrevue que sa présence rendrait nécessairement plus calme. Le temps pris par M. Chevreux pour ranger ses papiers avait causé le retard dont la tante et la nièce s'étonnaient ; mais, en voyant entrer Henri encore tout couvert de poussière, Gudule lança un regard de triomphe à la maréchale. — Sauf un peu de vermillon sur les joues, suivi d'une assez grande pâleur, sauf un tremblement insolite dans la voix pour dire des mots insignifiants, la réunion des jeunes gens n'eut rien de remarquable, et la maréchale, qui prenait vivement part à leurs amours, en fut assez désappointée. — Henri ne savait pas les progrès qu'il avait faits dans l'absence et le silence. Il craignait encore ces dédains dont il avait tant souffert, et se disposait à combattre sérieusement les préventions que sa vie antérieure avait pu inspirer contre lui. En s'emparant de son cœur, l'amour véritable avait banni la confiance du succès, et c'était bien sincèrement qu'il se trouvait intimidé devant la *petite provinciale*. Combien de temps fut-il à reconnaître sa nouvelle position ? C'est ce qu'on ne saurait dire ; mais peu de jours s'étaient écoulés que le terrain se trouvait aplani devant eux. Aucune parole positive[1] n'avait encore été prononcée, mais ils savaient que le mariage s'accomplirait à Saveuse dans le courant de l'été. La robe grise de Gudule ne permettait pas des démarches ostensibles ni des engagements positifs, et ce sous-entendu suffisait à un bonheur dont madame d'Aubemer était des deux côtés la bénévole confidente. La malice[2] de la princesse Simon de Montford fut la première éclairée sur ce qui se passait à Magnanville ; le mariage de Henri avec madame de Saveuse lui aurait été odieux, et elle voulut le traverser. Rencontrant le marquis d'Estouteville, elle lui parla avec une apparence de bonhomie de l'intérêt affectueux qu'elle conservait à son fils, et du chagrin qu'elle res-

---

1 Qui n'exprime pas le refus ou la négation de quelque chose, mais qui accorde ou affirme quelque chose (*TLFi*).

2 Au XVIIIe, le terme désigne encore exclusivement l'inclination à nuire, à mal faire. *Dictionnaire de l'Académie française*, 4e édition, 1762. Le sens moderne de simple disposition à la gaieté et à la plaisanterie, fait son apparition dans la 6e édition, 1835, à côté du sens premier, qui commence à être vieilli au milieu du XXe siècle, et n'est plus guère usité et compris aujourd'hui.

sentait de le voir au moment d'accomplir une sottise dont il se repentirait. La comtesse Lionel de Saveuse était assez jolie ; mais c'était une petite provinciale prude et guindée, sans aucun usage du monde, qui ne saurait tenir sa place ni à la cour, ni à Paris ; elle n'avait aucune fortune : sans doute sa tante était fort riche, mais la princesse Simon tenait de sa belle-mère, amie intime de la maréchale, que jamais elle ne consentirait à rien assurer par contrat de mariage, et personne n'ignorait à quel point madame d'Aubemer était capricieuse dans ses affections. La princesse Simon gémissait de voir Henri engagé dans ce mauvais pas, c'était au marquis à y porter remède. Celui-ci se rappelait bien, en effet, avoir entendu citer différentes personnes comme ayant chance à hériter de la fortune de madame d'Aubemer, et accepta d'autant plus facilement la dénonciation de madame de Montford, qu'elle lui expliquait la nouvelle conduite de son fils ; mais ce mariage dérangeait trop ses projets pour qu'il ne se promît pas de l'empêcher. Le moment était arrivé de conclure l'alliance si longtemps méditée avec la petite comtesse de Toreignstein. Il avait été la voir à Caen ; elle n'était que légèrement contrefaite, assez fraîche, bien moins laide qu'il n'avait craint ; avec ses beaux yeux et une toilette plus intelligente que celle du couvent, elle serait très passable. Le marquis arrivait enchanté lorsque la confidence de la princesse Simon vint interrompre toutes ses combinaisons et le désola ; car, outre le peu de fortune actuelle et l'incertitude des volontés de la maréchale, il éprouvait une extrême répugnance à étaler la situation de ses affaires devant une famille étrangère. Son inquiétude était donc grande lorsqu'une lettre de Magnanville vint la confirmer. Henri racontait en termes passionnés son long attachement pour madame de Saveuse ; le deuil étant arrivé à son terme, il demandait le consentement de son père à un mariage qui assurait le bonheur de sa vie, mais de façon à faire comprendre la détermination bien arrêtée de l'accomplir. Le marquis ne s'y trompa pas, il avait eu le temps de méditer sa réponse et la voici :

« Malgré le ton exagéré dont tu en parles, mon cher Henri, je suis très disposé à admirer ton *ange gardien* ; j'ai aperçu madame de Saveuse, elle m'a paru fort jolie ; tu la dis pleine de grâces et de vertus, je le crois ; elle est très bien née, je n'aurais rien à reprendre à ce choix, si, lors de notre conférence, il y a bientôt quatre ans, tu m'avais répondu : *Douze cents livres de rente et ma Sophie !...*[1] et que, depuis, ta vie eût été réglée sur ce principe ; mais, mon cher enfant, tu en as agi tout autrement : il me faut donc, à mon extrême regret, te montrer les choses telles qu'elles sont, tu jugeras ensuite et je n'en appellerai pas : mon consentement est acquis à ce que tu décideras. Confiant dans ta parole, j'ai eu la faiblesse d'appliquer à tes dépenses, et aussi aux miennes (car, loin de repousser la solidarité, je la réclame) des capitaux appartenant à ma pupille : il m'était plus facile de me les procurer sans achever de grever des terres qui devaient à la fin revenir à vos enfants. Cette faiblesse que ton mariage

---

1 Il s'agit d'une allusion à Mirabeau (Honoré-Gabriel Riqueti, comte de, 1749-1791) et à sa maîtresse, Marie Thérèse Sophie Richard de Ruffey (1754-1789). On trouve dans le premier tome de la correspondance complète de Mirabeau (page 354 du tome III des œuvres complètes dans l'édition de 1925 par Joseph Mérilhou, chez Brissot-Thivars et P. Dupont) une lettre datée de 24 janvier 1778 adressée à Jean-Charles-Pierre Lenoir, lieutenant général de la police de Paris, où « l'Orateur du peuple », alors emprisonné à Vincennes, réclame le versement de la pension de douze cents livres que lui doit son père pour pourvoir à son nécessaire.

avec elle aurait couverte et comme légitimée, est devenue un tort d'autant plus impardonnable que les appels faits à sa fortune se trouvent plus nombreux que je ne le savais. J'ai reçu ta lettre avant-hier, et depuis ce temps j'ai passé trente heures sur un grimoire de chiffres ; je trouve toujours de quatre à cinq cent mille francs[1] de plus que je ne possède à rembourser à mademoiselle de Toreignstein. Vois, de ton côté, où tu en es de l'héritage de ta mère, et si tu peux venir à mon secours. Je veux bien être ruiné ; mais déshonoré, j'aimerais mieux l'éviter ; il y a toujours, sans doute, la ressource de la Trappe ou de la rivière[2] ; toutefois, comme ce sont des moyens peu agréables, il ne faut y avoir recours qu'à la dernière extrémité. Si tu peux disposer de la somme que je dois, si madame de Saveuse consent à accepter ta main sans aucune fortune, lorsque tu lui auras loyalement exposé notre position, je recevrai avec admiration la charmante belle-fille que tu me promets. Je pense qu'il serait peu délicat et bien imprudent d'avoir recours à madame d'Aubemer ; telle qu'on la connaît, une pareille demande lui déplairait si excessivement et enlèverait probablement ses bonnes grâces à madame de Saveuse. J'ai dû, mon bon Henri, te présenter le tableau fidèle de notre situation, maintenant c'est à toi à la fixer. Une consolation bien sensible me reste du moins tout entière : ton nom, quoi qu'il arrive, n'est au-

---

1 Jusqu'en 1795 ; le franc est une unité de règlement synonyme de livre tournoi (*cf.* note *supra*). On parle donc ici d'une somme comprise entre 2,8 et 3,5 millions de nos euros actuels.

2 Cette expression imagée que l'on retrouve sous la plume de Chateaubriand (lettre à Fraser Frisell, le 10 mai 1811) exprime le choix entre deux extrémités tout aussi désespérées, à savoir la retraite dans un monastère de l'Ordre cistercien de la stricte observance valorisant le retrait du monde (les trappistes) ou le suicide par la noyade.

cunement compromis ; c'est justice, puisque tu es resté étranger à toutes ces transactions, et que tu ignorais la source de l'argent que tu dépensais ; il ne peut donc en rejaillir aucune honte sur ta tête, et sois bien sûr que je m'arrangerai de façon à ce que tu en restes complètement à l'abri. Je m'afflige d'avoir à te faire une si pénible révélation ; peut-être cependant aurais-tu pu la prévoir, d'après ce que je t'ai communiqué de l'état de mes affaires à ton retour d'Allemagne. S'il m'est encore permis de te donner un conseil, mon cher fils, c'est celui d'être rangé à l'avenir ; juge ce que je souffre aujourd'hui, de me voir forcé à apporter du trouble à ton bonheur ! Jamais je n'ai autant regretté les embarras d'une fortune où les libéralités excessives de ta pauvre mère ont commencé à porter le désordre ; mais nous ne pouvions pas, mon cher enfant, nous plaindre de tant de vertus et refuser des engagements pris par elle. Je me résume, mon cher Henri : si tu es en mesure, viens à mon secours ; si cela est impossible, laisse-moi me tirer d'affaire tout seul. Reçois ma bénédiction d'avance, et garde un éternel secret sur ce que je t'avoue... tu ne dois jamais en avoir eu connaissance. »

Le marquis se sourit à lui-même en achevant cette lettre ; il savait la fortune laissée par sa femme à peu près dissipée, et Henri hors d'état de lever une somme de quelque importance. Il connaissait assez son fils pour être assuré qu'il en obtiendrait d'autant plus qu'il lui demandait moins, et il espéra un plein succès de sa perfide abnégation. Les choses étaient moins graves qu'il ne les représentait : ses biens, en effet, se trouvaient fort obérés ; mais les substitutions[1] restaient, et les capitaux de la petite de Toreignstein n'avaient pu être entamés. Toutefois le marquis avait compris qu'un intérêt d'honneur pourrait seul déterminer Henri.

Ce pauvre Henri attendait la réponse de son père sans une trop grande préoccupation ; absorbé par son bonheur, il vivait sous le charme du doux sourire de madame de Saveuse : c'était là son présent, son avenir, et sa pensée ne pouvait s'en écarter. Au retour d'une promenade où il avait obtenu sans trop d'efforts la permission d'écrire au marquis de Saveuse, pour demander la main de sa petite-fille, Henri, transporté de joie, se rendit dans sa chambre pour expédier cette lettre ; celle de son père l'attendait sur sa table. Une violente migraine servit de prétexte à M. d'Estouteville pour ne point reparaître au salon ce soir-là. À cinq heures du matin, il quittait Magnanville. En entrant chez madame de Saveuse, sa femme de chambre lui remettait ce billet à peine lisible tant les caractères en étaient tremblants :

« Je serais le dernier des hommes si je n'en étais pas le plus désespéré... Je pars... ne me jugez pas avec l'inflexibilité de votre esprit, mais avec l'indulgence de votre cœur. Gudule... mon Dieu ! suis-je donc réduit à une pareille

---

1 En droit civil, la substitution héréditaire est la disposition par laquelle on appelle à sa succession un ou plusieurs héritiers successivement, après celui qu'on a institué, de telle manière que celui-ci ne peut aliéner les biens sujets à la substitution. Sous l'Ancien Régime, influencé par le droit romain, il existait divers mécanismes permettant de créer plusieurs types de substitution. À la Révolution, l'institution fut jugée contraire à l'égalité civile et à la libre circulation des biens et fut interdite. Le Code Napoléon de 1804 en prévoyait l'interdiction dans son article 896.

prière !... Gudule, ma bien-aimée Gudule, oubliez le malheureux

Henri. »

Presque au même instant arrivait un courrier de Saveuse : le vieux marquis était tombé très gravement malade, on réclamait la présence immédiate de la comtesse Lionel ; elle se décida à partir sur-le-champ. Cet incident suffit à expliquer à la maréchale le trouble affreux où elle trouva sa nièce ; les apprêts du voyage se faisaient avec une activité fébrile, et ce n'est qu'en remarquant l'absence de Henri au moment où Gudule montait en voiture, que madame d'Aubemer apprit qu'il était parti le matin pour Paris. C'était une circonstance trop simple pour lui causer un grand étonnement ; elle demanda à sa nièce si elle lui avait écrit, Gudule ne fit aucune réponse et la voiture partit. La maréchale resta sur le perron, admirant cette inquiétude filiale qui dominait tous les autres sentiments, et se promettant bien pourtant de ne la point vanter à Henri lors de son retour, qu'elle fixait au soir ou au lendemain matin.

Madame de Saveuse avait autorisé sa tante à ouvrir les lettres qui lui arriveraient, n'en attendant que de Saveuse, pour lui donner des nouvelles de son grand-père. La maréchale par inadvertance en décacheta une venant de Paris, elle était sans signature et contenait un récit aussi perfide que mensonger de la mort de Lionel de Saveuse, affirmant qu'il l'avait reçue de la main d'un spadassin aposté[1] et soldé par Henri d'Estouteville ; on en avait les preuves, et si son mariage avec madame de Saveuse devait avoir lieu, on les

1 Aposter : placer quelqu'un à un poste favorable à l'exécution d'un mauvais coup (*TLFi*).

fournirait non seulement à elle, mais au monde entier ; un si affreux scandale ne pouvant rester impuni. La rupture du mariage assurait un secret éternel.

La maréchale ressentit pour cette œuvre de ténèbres, où elle crut reconnaître l'écriture un peu déguisée de la princesse Simon de Montford, le mépris qu'elle méritait ; cependant elle ne put s'empêcher de rattacher à cette diabolique intervention l'absence prolongée de Henri et de s'en préoccuper.

CHAPITRE XV
UN NOTAIRE D'AUTREFOIS – CONCLUSION

Une semaine d'attente s'était lentement écoulée, lorsque madame d'Aubemer adressa à un nouvel arrivant de Paris cette question banale :

« Quelles nouvelles dit-on ?

— On ne s'occupe que du mariage du comte Henri d'Estouteville.

— Vraiment ! reprit la maréchale en souriant. Cela me paraît un soin prématuré.

— Mais pas tant, s'il se fait la semaine prochaine ; au reste vous en savez plus que moi, puisque je vous vois dans la confidence. Cependant le marquis m'a dit, en recevant mon compliment, qu'ils partaient jeudi pour Caen où le mariage se faisait ; je n'ai pas vu Henri. »

La maréchale eut peine à cacher son trouble ; peu d'instants ensuite la poste lui apporta une lettre de Gudule : après avoir dit sa satisfaction d'avoir trouvé son grand-père hors de danger, elle racontait l'étrange billet reçu le jour de son départ de Magnanville, et avouait ne pouvoir plus supporter l'incertitude où il la plongeait ; elle conjurait sa tante de l'éclairer sur son malheur, et de mettre un terme aux mille conjectures qui, en se succédant dans son esprit, la rendaient presque folle. La journée du lundi s'achevait ; la maréchale prétexta une affaire imprévue, et prit dès le lendemain matin la route de Paris, bien décidée à obtenir un éclaircissement. Le hasard lui fit rencontrer M. Chevreux comme elle arrivait chez elle ; elle le fit appeler. À peine entré dans son cabinet :

« Dites moi, je vous prie, demanda-t-elle, ce que vous savez d'un prétendu mariage de Henri d'Estouteville.

— Hé, mon Dieu ! je sais que cela est très vrai, et je n'ose pas vous dire combien cela m'afflige : je croyais, je désirais, j'espérais autre chose… » La maréchale fit un mouvement d'impatience, « Pardon, pardon, je comprenais bien que vous n'en auriez pas voulu ; mais permettez-moi de le dire, madame la maréchale, j'en suis fâché, très fâché. Ce qui est vrai aussi, c'est que le comte Henri est fort malade ; je n'ai pu le voir, et j'ai rencontré l'abbé Blondel qui sortait de chez lui avec un visage consterné.

— L'abbé Blondel est ici ?

— Oui, il est venu pour des affairés du chapitre de Metz ; c'est un excellent homme, et bien plus savant qu'il ne se donne pour être : j'ai eu occasion de lui demander des recherches dans les archives de Lorraine, et… »

Madame d'Aubemer, qui se souciait peu des archives de Lorraine en ce moment, coupa court à la conversation, congédia M. Chevreux, sous prétexte de fatigue, et écrivit à l'abbé Blondel de venir immédiatement chez elle :

« Mon cher abbé, lui dit-elle, depuis de bien longues années que j'observe le monde, j'ai constamment remarqué qu'il y a, dans les affaires les plus compliquées, un moment où tous les embarras se peuvent éviter ; mais lorsqu'on ne le saisit pas, il arrive des malheurs irrémédiables : voyons donc si nous en sommes encore à ce point, et si, en nous expliquant, de vous à moi, avec une entière franchise, nous ne parviendrons pas à nous entendre utilement. Je désire extrêmement le mariage de ma nièce avec Henri d'Estouteville ; j'ai lieu de croire que lui le désirait également il y a peu de jours, et qu'elle y espérait son bonheur. Qu'est-il survenu à la traverse[1] ? Est-ce un caprice d'amoureux ? A-t-il un motif impérieux pour rompre avec nous ? Ce mariage, enfin, dont on parle, doit-il véritablement s'accomplir ? Vous devez tout savoir, répondez-moi avec la même franchise que je vous parle.

— Hélas ! madame la maréchale, je ne le puis à mon amer regret : Henri est le plus honnête, le plus délicat et le plus malheureux des hommes ; il adore madame votre nièce, et il se sacrifie au devoir et à l'honneur.

— Ce sont là de fort beaux mots qui ne signifient rien du tout, mon cher abbé. Il faut absolument que vous vous expliquiez plus clairement. À moins qu'il ne se soit amusé à séduire la pupille de son père, ce qui est à peu près impossible,

---

1 Survenir de manière à contrecarrer, à faire brusquement obstacle au déroulement de quelque chose (*TLFi*).

l'honneur ne peut lui faire une loi de l'épouser s'il s'en trouve malheureux.

— Malheureux ? Oh oui ! Malheureux à en mourir, je crains, reprit l'abbé d'une voix émue.

— Je vous en conjure donc, au nom de votre affection pour lui, au nom de celle que je porte à ma nièce, qui peut-être en mourra aussi. (Vous voyez que je vous parle comme à un confesseur.) Je vous en conjure, dites-moi ce qui décide Henri. »

L'abbé Blondel avait promis le secret, il comptait le garder ; mais, poussé ainsi jusque dans ses derniers retranchements, et véritablement inquiet de l'état de désespoir où il voyait Henri, il se décida à confier à madame d'Aubemer la cruelle position de son ancien élève. L'abbé n'avait pas grande considération pour le marquis, son manque de délicatesse l'avait peu étonné ; mais il savait en même temps combien il tenait à conserver l'opinion publique en sa faveur, et il le croyait très capable de vouloir maintenir l'honneur de l'homme mondain, même aux dépens d'un crime. Il ne pouvait donc que pleurer avec Henri sans oser l'encourager à la rébellion dont le résultat pouvait amener une aussi funeste catastrophe ; et le marquis, très persuadé que les chagrins d'amour laissent peu de traces, acceptait le sacrifice de son fils sans le moindre scrupule. Une des principales douleurs de Henri était la pensée que Gudule devait le mépriser, et le respect filial défendait de l'éclairer. L'abbé pensa pouvoir, sans trahir la confiance mise en lui, profiter de cette occasion pour faire parvenir la vérité à madame de Saveuse : lui apprendre combien la conduite de Henri était digne d'éloges, sa situation de pitié.

La maréchale lui prêta une profonde attention. Lorsqu'il eut terminé sa relation, elle le remercia de sa confidence, promit un secret absolu et ajouta :

« Ce sera une grande satisfaction pour madame de Saveuse, de savoir combien son attachement est justifié par le mérite de Henri ; je la ressens vivement aussi, soyez-en sûr. »

L'abbé Blondel ne prétendait pas autre chose, et pourtant, sans se rendre bien compte de son impression, il sortit de chez la maréchale, froissé et désappointé. Il était tard, l'abbé retourna à l'hôtel d'Estouteville où il avait son domicile, ruminant, à part lui, s'il parlerait à Henri de la conférence d'où il sortait ; il n'était pas encore décidé lorsqu'il reprit son poste auprès du lit, où un peu de fièvre et beaucoup de désir de solitude retenaient son jeune et triste ami.

À sept heures le mardi matin, madame d'Aubemer entrait dans l'étude de son notaire. — M. Norbert devait sa charge à l'amitié de M. Dermonville, qui, en mourant, lui avait recommandé sa veuve. Cet ordre de son patron avait été fidèlement accompli, M. Norbert s'était identifié aux intérêts de madame Dermonville. Le maréchal d'Aubemer lui ayant aussi donné toute sa confiance, il était resté l'ami, le conseil de madame d'Aubemer, et quoique leur âge ne fût pas fort différent, il se considérait comme son tuteur, et elle lui en reconnaissait les droits ; aussi n'était-ce pas sans quelque embarras qu'elle se présentait devant lui.

« Hé, bon Dieu ! madame la maréchale, qui peut me valoir l'honneur de votre visite à pareille heure ? s'écria M. Norbert, en recroisant soigneusement sa robe de chambre à ramages qui couvrait un costume noir de la meilleure tenue, et se rasseyant à son bureau, après avoir avancé un fauteuil à la maréchale.

— Mon bon monsieur Norbert, je suis pour vingt-quatre heures à Paris, il fait bien beau, mais si chaud que je n'ai pu dormir… J'ai songé toute la nuit à faire mon testament, et je suis venue en causer avec vous.

— C'est bien, cela, c'est très bien ; c'est une idée fort sage ; ces sortes d'actes se font beaucoup mieux en pleine santé. Vous aviez un testament que vous avez détruit après la mort de M. le chevalier d'Aubemer… Nous allons prendre l'état de vos biens, et vous pourrez agir en connaissance de cause. »

M. Norbert s'était levé et se dirigeait vers le carton qui portait en grosses lettres moulées : *Madame la maréchale d'Aubemer* pour étiquette ; mais sa cliente l'arrêta.

« En pensant à tout cela, je me suis rappelée que vous trouviez souvent à redire aux dépenses où m'entraîne Magnanville, et comme je sais que M. Dumas, le riche banquier, en a grande envie, je viens vous prier, mon excellent ami, d'aller chez lui ce matin, dit la maréchale d'un air câlin, et en parlant plus vite, et de lui offrir Magnanville à la seule condition qu'il m'en donnera cinq cent mille francs dans la journée même.

— Magnanville vaut beaucoup plus de cinq cent mille francs, répondit froidement M. Norbert.

— C'est égal.

— Non pas, non pas, s'il vous plaît, cela n'est pas égal du tout.

— Mais il me faut absolument cinq cent mille francs aujourd'hui.

— Absolument ?

— Absolument !

— C'est bien singulier ! En avez-vous emploi ?

— Assurément, emploi indispensable.

— Et cela vous rapportera ?

— Beaucoup de satisfaction.

— Hum ! fit M. Norbert.

— Mon cher monsieur Norbert, vous connaissez mon entière confiance en vous ; mais je ne puis vous en dire davantage, et il me faut cinq cent mille francs : vendons Magnanville.

— Laissons là Magnanville, c'est impossible… Cinq cent mille francs placés à *beaucoup de satisfaction* !… Si vous comptez faire des affaires pareilles, je vous engage à prendre un autre conseil, madame la maréchale.

— Mais, mon cher bon monsieur Norbert, vous le savez, je n'ai jamais eu d'autre volonté que la vôtre pour ma fortune, comprenez donc combien il me faut un motif impérieux pour être aussi décidée.

— C'est donc une question de vie ou de mort ? dit dédaigneusement le notaire.

— De vie ou de mort ! répliqua sérieusement la maréchale.

— Pour vous ?

— Pour moi et pour d'autres.

— Ce n'est pas une de ces fantaisies à se passer tout de suite, tout de suite, dans la matinée, crainte de ne vous en plus soucier la semaine prochaine, comme vous m'avez fait l'honneur de me le dire une fois pour la laiterie[1] en porcelaine de Chine ?

— Vous me reprochez toujours cette malheureuse laiterie.

— C'est qu'elle a coûté quarante-sept mille francs !

— Je ne me doutais aucunement du prix, j'en ai été très honteuse, et me suis laissé gronder autant que vous avez voulu ; mais ici je sais ce que je fais : mon bonheur est attaché à la nécessité de ce que je vous demande comme une preuve d'amitié. Allons, mon bon monsieur Norbert, passez votre habit, ma voiture est à la porte, elle vous mènera chez M. Dumas et je vous attendrai ici.

— Je n'irai pas chez M. Dumas, dit résolument M. Norbert.

— Mon cher monsieur Norbert, je vous en supplie ; jusqu'ici, vous l'avouerez, je ne me suis jamais permis aucune transaction que sous votre bon plaisir…

---

1 Une laiterie est un lieu où l'on traite le lait de consommation et où l'on fabrique des produits dérivés, en particulier du beurre et des fromages frais, mais aussi un lieu où l'on consomme du lait et des produits laitiers. En architecture, c'est un petit pavillon d'agrément construit en imitation d'une laiterie rustique. À Rambouillet, pour distraire Marie-Antoinette qui s'ennuyait durant les chasses royales, Louis XVI avait fait construire une laiterie de dégustation en style néo-classique formée d'un temple grec attenant à une grotte. Cette laiterie en porcelaine est sans doute un bibelot coûteux, luxueux et raffiné reproduisant un lieu similaire. Madame de Boigne glisse là une singulière et piquante allusion aux frasques et aux dépenses somptuaires qui ont précipité la fin de l'Ancien-Régime, bien en accord avec le regard critique qu'elle porte sur cette période dans ses *mémoires*.

— C'est bien pour cela que je n'ai pas besoin d'aller chez M. Dumas, grommela Norbert entre ses dents.

— Mais enfin, au bout du compte, ajouta la maréchale un peu impatientée, ma fortune est à moi, j'en puis disposer !

— Ah bien oui ! il ferait beau voir ! Si je vous avais laissée gouverner votre fortune, reprit avec chaleur M. Norbert, ce ne serait pas cinq cent mille francs, ce serait cinq cent mille liards[1] que vous ne trouveriez point aujourd'hui ; vous seriez comme ce marquis d'Estouteville, que vous avez peut-être rencontré dans mon escalier : depuis cinq jours, il cherche partout trente mille francs, pour les frais de noce de son fils, et il ne peut pas trouver un patard ; mais celui-là y est trop bien accoutumé pour en prendre aucun souci : il a eu beau faire sonner bien haut les deux millions de la future, qui les a pourtant bel et bon, personne n'a voulu s'y fier.

— Mademoiselle de Toreignstein a deux millions ?

— Oui, bien comptés.

— C'est énorme deux millions !

— C'est une fort grosse dot.

— Cela s'appelle être millionnaire, dit la maréchale en soupirant.

— Oui... à peu près... mais je ne sais pourquoi vous avez l'air tellement stupéfaite d'une pareille fortune. Vous êtes bien autrement riche.

---

1 Le liard est une ancienne monnaie de cuivre en usage en France jusqu'en 1856. Il valait le quart d'un sou. Il symbolise la plus petite monnaie pouvant exister. Ici, la somme évoquée représente donc environ 43 000 €.

— Moi ?

— Vous.

— Mais j'ai à peine trois cent mille livres de rente à manger ?

— C'est pour cela, reprit M. Norbert en souriant, qu'avec vos réserves, vos habitations, vos paraphernaux,[1] vous avez un fonds de plus de huit millions de fortune.

— J'ai huit millions ! Ah ! que j'en suis aise ! » s'écria la maréchale en frappant des mains.

M. Norbert ne l'avait jamais vue attacher de prix à l'argent que pour le dépenser, la considéra d'un air étonné, et, reculant un peu sa chaise, il articula avec encore plus d'effroi que d'émotion :

« Est-ce que vous allez vous marier ? »

La maréchale éclata de rire.

« Non, non, mon bon Norbert ; ne prenez pas une figure si épouvantée : vous me croyez un peu folle, je le vois, mais je n'extravague pas jusque-là.

— Allons, reprit M. Norbert, en rapprochant son fauteuil de la table, allons tant mieux, il y a remède à toute autre fantaisie. »

La maréchale, le voyant un peu radouci, recommença ses sollicitations et en revint à M. Dumas.

---

1 Les biens paraphernaux sont les possessions d'une femme mariée qui ne font pas partie de sa dot et qu'elle peut administrer à sa convenance.

« Ne parlons plus de M. Dumas ni de Magnanville ; puisqu'il vous faut cinq cent mille francs, je tâcherai de vous les trouver.

— Mais cela sera-t-il possible pour aujourd'hui ?

— Où est la difficulté, avec des biens dans l'état où sont les vôtres ? »

M. Norbert ouvrit un tiroir de son bureau. « Vous les voulez absolument aujourd'hui ?

— Oh ! oui, mon cher monsieur Norbert, aujourd'hui, ce matin, tout de suite, dit la maréchale en avançant les mains.

— La la, ne regardez pas tant ce tiroir, ils n'y sont pas, j'y prenais une liste de créances à recevoir ; mais ce n'est pas pour aujourd'hui, il me faut du temps pour trouver l'argent, et pour légaliser la transaction ; je voudrais emprunter sur notre crédit, je serais fort contrarié d'hypothéquer vos biens… Vous êtes bien sûre qu'il vous faut cette grosse somme aujourd'hui même ?

— Oh oui, bien sûr ; ne revenez pas sur vos paroles, vous m'avez dit que cela ne faisait pas difficulté.

— Allons, vous l'aurez, reprit M. Norbert en arrachant un soupir du fond de sa poitrine, mais pas avant ce soir. »

La maréchale fut obligée de se contenter de cette promesse ; elle passa la journée à préparer son départ pour le Limousin. La soirée s'avançait, et son anxiété devenait extrême, lorsque M. Norbert parut enfin avec son premier clerc, et tous les papiers nécessaires à la transaction. La maréchale s'empressa de signer ; mais M. Norbert ne lui fit grâce d'aucune formalité : il fallut compter tous les billets, lire tous les actes, il était plus de onze heures lorsqu'il se leva, et pendant qu'il arrangeait son portefeuille, il dit :

« A présent, madame la maréchale, que je vous ai obéi, permettez-moi de vous rappeler que, pour réparer cette large brèche, il faudra être plus raisonnable. À l'avenir plus de laiteries, plus de laboratoires improvisés pour servir dix jours, plus de...

— Non, non, non, mon cher Norbert, j'ai bien autre chose en tête dorénavant !

— Je ne vois pas que les nouvelles fantaisies soient moins onéreuses que les anciennes, » murmura M. Norbert en faisant sa révérence et en jetant un coup d'œil de regret sur les cinq cent mille francs qu'il laissait derrière lui. En traversant le vestibule, M. Norbert glissa dans l'oreille de son clerc :

« Nous avons heureusement quelques économies que je lui fais faire de temps en temps sans qu'elle s'en doute, et je pense bien que les réserves des bois de Franche-Comté couvriront le déficit ; mais je ne veux pas qu'elle le sache. Que diable ! il ne faut pas qu'elle recommence ; je ne lui aurais pas cédé si facilement cette fois même, si je n'avais démêlé qu'il y a quelque belle action là-dessous... C'est une si excellente dame ! »

Le lendemain à sept heures du matin, madame d'Aubemer fit arrêter sa berline, attelée de six chevaux de poste, à l'hôtel d'Estouteville ; elle demanda l'abbé Blondel, et lui remit un paquet pour Henri d'Estouteville, il contenait les cinq cent mille francs et ce billet :

« Dites à votre père, mon cher Henri, que ma nièce est beaucoup plus riche que sa pupille, et remettez-lui cette somme ; n'hésitez pas à l'accepter, ce n'est pas à vous que je la donne, c'est à Gudule, dont je vais demander les remerciements à Saveuse où je vous attends. »

La maréchale voyagea rapidement ; cependant, en arrivant à Saveuse, elle aperçut sur le perron Henri d'Estouteville entre Gudule et sa mère ; les deux jeunes gens, se précipitant au-devant d'elle, au moment où l'on ouvrait sa portière, tombèrent à ses pieds et dans ses bras.

« Ah ! ma tante, nous vous devons tout !

— Depuis que je te connais, chère enfant, tu donnes de l'intérêt à ma vie et un motif à mes actions : c'est moi qui suis en reste avec toi. »

Henri baisait les mains de la maréchale ; tous étaient aussi attendris que joyeux : Caroline pressa sa sœur sur son cœur :

« Je suis encore plus généreuse que toi, mon Émilie, car je ne t'envie pas ce que tu fais pour elle. »

Madame d'Aubemer tressaillit légèrement... Une autre avait donc plus de droit qu'elle à se réjouir de ce bonheur qu'elle venait d'assurer ?... Arrêtons-nous là : peut-être trouverions-nous dans ces paroles de Caroline un nouveau germe de désenchantement pour la maréchale ; il y a de certaines tristesses inhérentes à certaines situations qui se peuvent pallier, mais ne se détruisent jamais.

Bien assuré d'un secret obstiné, le marquis d'Estouteville accepta la somme donnée, et, lorsqu'il vint assister au mariage de Henri, il avait si complètement oublié toute cette affaire, il se montra si fort à son aise, si affectueux, si aimable, si rempli de facile et gracieuse bonhomie, qu'il laissa

de véritables regrets en s'éloignant de Saveuse. Quelques semaines plus tard, l'abbesse de Saint-Joseph ayant fait comprendre à la petite de Toreignstein combien un mari de cin-
quante ans était préférable à un mari de vingt-cinq, le
marquis épousa sa pupille, en riant dans sa barbe de l'invention spirituelle dont il s'était fait doter par son fils.

FIN

LA COMTESSE DE BOIGNE
Par François Guizot

Revue des Deux Mondes – 1867
tome 71 – pp. 755-773.

Il y a neuf ans, en parlant dans mes *Mémoires*[1] de quelques-uns des salons les plus distingués de Paris de 1814 à 1859 et des trois personnes, Mme de Rumford, Mme de Boigne et Mme Récamier, qui en étaient le centre et l'ornement, je disais de Mme de Boigne : « Avec moins d'appareil mondain que Mme de Rumford et par l'agrément de son esprit à la fois sensé et fin, réservé et libre, la comtesse de Boigne attirait un petit cercle d'habitués choisis et fidèles. Élevée au milieu de la meilleure compagnie de la France et de l'Europe, elle avait tenu pendant plusieurs années la maison de son père, le marquis d'Osmond, successivement ambassadeur à Turin et à Londres. Sans être le moins du monde ce qu'on appelle une femme politique, elle prenait aux conversations politiques un intérêt aussi intelligent que

---

1 *Mémoires pour servir à l'histoire de mon temps*, t. II, p. 242.

discret ; on venait causer de toutes choses avec elle et autour d'elle sans gêne et sans bruit. »

J'allais souvent alors chez Mme de Boigne ; il me revint que, tout en se montrant satisfaite de mon langage, elle disait : « J'ai été un peu plus mêlée à la politique de mon temps, et quelquefois avec un peu plus d'influence que ne le croit M. Guizot. » Mme de Boigne avait raison. Je n'étais jamais entré avec elle dans ces relations intimes qui amènent les confidences mutuelles, et mettent les personnes au courant les unes des autres ; je ne connaissais d'elle que les agréments de son esprit et de sa société. La politique avait en effet tenu dans sa vie et pris dans son âme plus de place qu'elle n'en laissait paraître. Née à Paris en 1780, sous l'ancien régime à la fois chancelant et très animé, elle avait été élevée non seulement dans la région de la cour, mais sous le patronage et presque dans l'intérieur de la famille royale ; sa mère, la marquise d'Osmond, était dame de Madame Adélaïde, tante de Louis XVI ; le roi lui-même et la reine Marie-Antoinette la voyaient souvent, et la traitaient avec cette bonté caressante qui attire d'autant plus les enfants qu'en même temps ils sont frappés du spectacle de la grandeur. Éléonore-Adèle d'Osmond jouait souvent à Versailles, à Bellevue et à Meudon, avec le jeune dauphin Louis, frère aîné de Louis XVII, enfant délicat et malade qui mourut au commencement de 1789, peu avant l'aurore de la tempête où devaient s'abîmer son trône et sa famille. Quand cette tempête éclata, la famille de Mlle d'Osmond y fut entraînée comme et presque avec la famille royale ; ses parents émigrèrent en Italie, d'abord à Rome, puis à Naples. Là Mlle d'Osmond, encore enfant et déjà aussi intelligente que jolie, devint l'objet de la faveur particulière de la reine Caroline, sœur de Marie-Antoinette, qui se chargea avec une bienveillance efficace des soins et des frais de son éducation. Elle continua ainsi à voir de près les splendeurs royales, en même temps que dans l'intérieur de sa famille elle assistait aux tristesses et aux détresses de la vie domestique. Ce double spectacle simultané fit sur elle une impression profonde ; elle apprit de bonne heure à connaître les bouleversements des destinées humaines, hautes ou modestes, et à en entrevoir les causes en en ressentant les effets ; sa jeune intelligence prit ses premiers élans et reçut ses premières lumières sous le coup des révolutions sans sortir de la société des rois. Elle contracta dès lors avec la princesse de Naples, Marie-Amélie, ces liens de vraie et intime amitié qui devaient tant influer un jour sur leur mutuelle destinée.

Naples fut bientôt pour les émigrés français un séjour aussi impossible que Paris. Les parents de Mlle d'Osmond passèrent en Angleterre, presque le seul asile où n'atteignît pas la révolution et le seul pays qui s'en défendit avec une intelligente vigueur. Adèle d'Osmond fut jetée alors dans la société à la fois la plus aristocratique et la plus libre de l'Europe, au milieu des plus puissants adversaires de la révolution française et de ses plus éloquents défenseurs. Là Pitt gouvernait, Burke écrivait, Fox parlait. Malgré la diversité des opinions et des partis, les émigrés français étaient accueillis de tous, par les uns avec une sérieuse sympathie, par les autres avec un généreux intérêt, et ce grand spectacle de la lutte soutenue par la monarchie contre la révolution, avec les forces et sous les conditions du gouvernement libre, frappait vivement les esprits que l'âge et les habitudes n'avaient pas fermés à la lumière des faits.

À seize ans, et par sa situation comme par sa jeunesse, Mlle d'Osmond était étrangère aux questions et aux partis politiques de l'Angleterre ; mais quoique sans fortune loin de sa patrie et sans autre avenir que les orages et les ténèbres de la France, elle vivait à Londres dans le monde riche, élégant et puissant ; elle était jolie, spirituelle, vive avec grâce et douceur ; elle dansait, elle chantait, elle causait, elle écoutait, elle observait ; elle acquérait de très bonne heure, non pas l'expérience réfléchie que le temps seul donne aux plus rares esprits, mais cet instinct juste et rapide des intérêts de la vie et des convenances sociales qui apprend à voir clair et à se conduire habilement au milieu des difficultés et des épreuves. À peine sortie de l'enfance, elle était déjà sensée, mesurée, pénétrante et prudente avec une fermeté tranquille et presque froide qui était l'une des plus originales dispositions de sa nature.

L'occasion lui vint bientôt de mettre à profit ses qualités précoces, je dirais volontiers prématurées. Par sa figure, ses agréments et ses succès dans le grand monde anglais, elle attira les regards d'un hardi soldat de fortune déjà vieux, le général comte de Boigne, ne à Chambéry en 1741, et qui, après une vie errante et pleine d'aventures en Europe, en Afrique et en Asie, était revenu très riche de l'Inde, où il avait vaillamment servi d'abord plusieurs rajahs indigènes dans leurs luttes soit entre eux soit contre l'Angleterre, puis les intérêts de l'Angleterre elle-même. Accoutumé à suivre son désir et à compter sur son succès, il demanda la main de Mlle d'Osmond, à qui ses parents, très perplexes, s'en remirent absolument de la décision et de la réponse. Elle s'en chargea sans hésitation, s'entretint seule avec M. de Boigne, lui fit connaître sans embarras la situation de sa famille, proscrite et ruinée, ses dispositions personnelles et son parti-pris de n'accepter l'offre qu'il lui adressait que s'il assurait pour l'avenir le sort de ses parents comme le sien propre. Le vieux général indien se prêta de bonne grâce aux exigences de la jeune Française émigrée, et le mariage se fit en 1798 d'une part avec un empressement aveugle, de l'autre avec autant de franchise que de froideur.

Pour une personne qui devait, plus de soixante ans après, finir sa vie en écrivant deux romans, l'un intitulé *Une Passion dans le grand monde*, c'était là un début fort peu romanesque. Non seulement parmi les indifférents, mais parmi les connaissances et même les amis de Mme de Boigne, plusieurs sont restés surpris, je dirais presque choqués du caractère primitif de cette union. Je serais volontiers aussi sévère, plus sévère qu'eux, car je tiens les convenances morales et l'inclination mutuelle pour la première loi du mariage. Si c'était là en effet sa loi commune la société en général, comme la dignité et l'état intérieur des familles, s'en trouveraient infiniment mieux ; mais, par les idées et les pratiques du monde où elle avait vécu, Mlle d'Osmond n'avait pas été accoutumée à considérer le mariage sous cet aspect ; elle l'avait vu déterminé le plus souvent par des motifs et des arrangements extérieurs et mondains. En épousant M. de Boigne, elle ne fit que suivre la routine de sa société et de son temps ; la plupart des parents auraient décidé pour elle comme elle décida elle-même. Qu'elle en décidât elle-même, et qu'elle le fît avec la franchise qu'elle y apporta ; en ceci fut la nouveauté, une nouveauté honorable, quoiqu'un peu étrange. Elle y fut déterminée par un sentiment qui a dominé toute sa vie, le désir de retirer sa famille de la ruine où elle était tombée et de rendre aux d'Osmond de l'avenir la situation sociale que la révolution française avait enlevée à ceux du présent. Pour son propre compte, Mme d'Osmond, dans cette circonstance et par sa nature comme par sa libre volonté, fut très peu romanesque et trop peu difficile ; mais elle ne fut pas gouvernée par des motifs égoïstes et vulgaires : elle obéit à un instinct plus élevé, l'intérêt de sa race et de son nom.

Ce mariage eut les suites qu'il était aisé de prévoir ; le vieux général et la jeune émigrée tardèrent peu à s'apercevoir qu'ils ne se convenaient pas l'un à l'autre. Après six ans d'épreuve, ils le reconnurent mutuellement, et d'un commun accord ils séparèrent leurs vies. En 1804, M. de Boigne avait ramené sa femme en France, où leurs parents, le marquis et la marquise d'Osmond, rayés de la liste des émigrés, étaient venus les rejoindre ; il la quitta en lui assurant dignement une belle et indépendante situation, et pendant qu'elle restait à Paris il retourna à Chambéry, sa patrie, où il employa sa fortune et occupa sa solitude à fonder des établissements d'utilité et de charité publiques, un collège de jésuites, des écoles de filles, un théâtre, des hospices de vieillards et d'aliénés. Quelque complète qu'elle fût, sa séparation d'avec sa femme ne fut pas une rupture ; elle allait le voir à peu près tous les ans en Savoie, dans son château de Buisson-Rond, à la porte de Chambéry, et elle passait avec lui quelques semaines, faisant les honneurs de sa maison, où M. de Boigne se plaisait à recevoir alors du monde et à attirer les visiteurs.

Pour une jeune femme libre, riche, jolie et spirituelle, Paris était à cette époque un séjour plein d'animation et d'attrait : tout y était jeune aussi, nouveau, brillant, les personnes, les actions, les fortunes, les destinées ; toutes les jouissances de la vie au sein de l'ordre s'y déployaient, en même temps que toutes les aventures, toutes les chances de la guerre et de la gloire. Cet état de la société et des événements sous le premier empire convenait à l'état d'esprit et aux goûts de Mme de Boigne ; elle voyait renaître pour la vie privée la sécurité, dans le gouvernement la force et l'éclat ; elle ne pensait guère à la liberté politique ; elle ne l'avait vue apparaître que sous les traits et les coups de la révolution ; non seulement elle ne la regrettait et ne la désirait pas, elle prenait plaisir à retrouver dans le monde nouveau et autour de son puissant maître les traditions, les formes de l'ancien monde où elle était née, et quelques essais plus fastueux qu'efficaces d'en relever les apparences et les usages de cour. Mme de Boigne ne se donna point au régime nouveau, elle ne se détacha point de son origine, de ses souvenirs, de ses premières et naturelles relations ; mais elle n'avait nul éloignement pour des relations nouvelles, nulle prévention exclusive et dédaigneuse envers les personnes de grandeur récente et inaccoutumée ; quoiqu'elle ne manquât point de fierté ni même de hauteur et de malice aristocratique, son esprit ouvert et impartial comprenait sans peine les changements accomplis dans la société et dans les mœurs, et son caractère indépendant sans passion ni raideur accueillait de bonne grâce ce que son bon sens jugeait inévitable. Elle contracta de nombreux rapports, elle acquit de vrais amis dans le monde impérial, militaire ou civil ; elle savait se prêter à des amitiés fort diverses, s'y plaire elle-même sans mensonge, et elle recueillait ainsi, dans une vie qui eût été sans cela isolée et vide, les avantages et les agréments attachés à la réputation d'amie sûre et de très aimable maîtresse de maison.

En même temps qu'elle jouissait, comme on jouit à vingt-cinq ans, de la situation qu'elle se faisait ainsi elle-même au sortir de l'émigration et dans un régime issu de la révolution, la jeune comtesse de Boigne avait les yeux ouverts sur les périls que courait ce régime, et que de jour en jour l'empereur Napoléon aggravait et créait lui-même par l'étendue et la fougue illimitées de ses passions, de ses vues et de ses entreprises. Mme de Boigne avait l'esprit essentiellement mesuré, contenu, attentif à voir les choses dans leurs proportions véritables et leurs chances probables ; l'observation tenait en elle plus de place que l'imagination, et quoiqu'elle eût du goût pour ce qui était grand et brillant, elle se méfiait extrêmement, dans la pensée comme dans la vie, des perspectives infinies et hasardeuses. La chute de l'empire ne la surprit point, et l'inquiéta un moment sans l'affliger ; la restauration ne pouvait que lui plaire : c'était à la fois un retour vers le passé qui lui était cher et l'apaisement des orages qui troublaient et menaçaient sans cesse le présent, dont elle jouissait. Elle ne tarda pas à goûter pour son propre compte les fruits du régime rétabli ; sa famille y retrouva les faveurs de la cour ; son père, le marquis d'Osmond, fut nommé ambassadeur d'abord à Turin, puis à Londres ; il occupa ces grands postes de 1814 à 1819. Médiocre et insignifiante sans être exigeante ni incommode, ce qui est rare, la marquise d'Osmond, sa femme, tenait peu de place dans la maison ; à côté de son père, qu'elle aimait tendrement, la comtesse de Boigne fut la véritable ambassadrice, et elle rentra avec les biens du rang et de la fortune dans cette société anglaise où naguère elle avait vécu exilée, isolée, presque pauvre, obligée de puiser dans ses mérites personnels toute la sûreté et tout l'agrément de sa vie.

Elle eut autant de succès dans la grande que dans la mauvaise fortune – un succès plus difficile peut-être, car les tentations de l'ambition, et de l'amour-propre y étaient bien plus vives ; mais Mme de Boigne savait contenir les tentations qui auraient pu devenir des périls ; elle n'avait pas ces instincts supérieurs et lumineux, ces élans de l'esprit et de la conduite, qui portent quelquefois une femme au-delà de sa sphère naturelle, et lui donnent cet ascendant de société dont la princesse de Lieven, ambassadrice de Russie à Londres à cette même époque, était alors un brillant exemple. Exempte de toute rivalité imprudente, la comtesse de Boigne ne rechercha rien de semblable ; elle suffit habilement, dans l'intérêt de son père et de sa cour, aux devoirs et aux convenances de sa situation ; elle se contenta d'y suffire. Réussir sans se compromettre, c'était en toute occasion son dessein, son art et le gage comme la limite de ses succès.

Mais sa fortune diplomatique fut courte. En 1819, son père, vieux et malade, donna sa démission de l'ambassade de Londres, et se retira dans la chambre des pairs, où le roi Louis XVIII l'avait appelé dès 1815 ; Mme de Boigne tenta, mais en vain, d'obtenir pour lui le cordon bleu, et sans ambition mécontente, sinon peut-être avec un peu d'humeur, elle reprit à Paris sa vie de spirituelle et attrayante maîtresse de maison. Elle en retrouva sans peine les agréments : des femmes du monde élégant, des hommes d'esprit et de rang, diplomates, militaires, administrateurs, lettrés, se réunissaient dans son salon, divers d'opinion comme de situation, mais acceptant mutuellement leur libre langage sur les événements, les questions, les discours, les écrits qui occupaient vivement alors la société française, délivrée des fardeaux du pouvoir absolu et de la guerre, et empressée à jouir de sa propre activité et de ses féconds loisirs. Mme de Boigne était ainsi, et on était chez elle au courant de toutes choses, des petits incidents du monde comme des bruits confidentiels, du mouvement intellectuel comme des affaires publiques, et on s'entretenait de toutes choses avec cette liberté intelligente et polie qui fait le charme de la vie sociale.

Mme de Boigne portait dans cette vie à la fois l'indépendance et la prudence de son esprit et de son caractère. Son salon n'était nullement un salon d'opposition, ce n'était pas non plus un salon de cour ni de ministère ; elle aimait la restauration, mais elle l'observait et elle la jugeait, comme elle avait observé et jugé l'empire, avec une impartialité clairvoyante. Elle avait acquis, dans les épreuves de l'émigration et dans les soins de la diplomatie, un tact politique qui lui faisait reconnaître les fautes et pressentir les périls des gouvernements comme des partis. Dès 1814, elle avait été frappée du contraste profond entre les deux Frances appelées à vivre ensemble, la France de l'ancien régime et la France de la révolution. Ce n'était pas seulement à l'occasion des grandes questions politiques et dans les conflits publics entre le gouvernement royaliste et l'opposition libérale ou révolutionnaire que Mme de Boigne puisait ses pressentiments ; elle remarquait surtout avec inquiétude les difficiles relations sociales des personnes qui appartenaient à des temps et à des régimes divers, le désaccord permanent de leurs tendances, de leurs goûts, de leurs prétentions, leurs petits et continuels chocs ou déplaisirs mutuels. Elle voyait là deux sociétés aussi méfiantes que différentes, et elle ne voyait au-dessus d'elles point de pouvoir assez fort pour imposer ou assez habile pour amener le support réciproque, en attendant que le temps amenât la paix. Napoléon et Henri IV manquaient également à cette difficile et périlleuse situation.

Précisément à cette époque, au milieu de ces troubles du présent et de ces obscurités de l'avenir, Mme de Boigne retrouva et renoua les liens d'amitié intime et confiante qui, plus de trente ans auparavant, s'étaient formés à Naples entre elle et la princesse Marie-Amélie, devenue duchesse d'Orléans. Aucun calcul, aucune vue ne se mêlaient à cette relation, résultat naturel du passé et des sentiments spontanés et fidèles que se portaient les deux personnes.

La révolution de 1830 ne surprit donc guère Mme de Boigne ; elle s'attendait aux fautes du pouvoir et aux conséquences des fautes. Elle s'affligea et s'inquiéta de l'événement ; mais la consolation ne lui manqua point. En même temps qu'elle voyait tomber un passé qui convenait à ses habitudes et à ses goûts, elle vit apparaître un avenir qui lui offrait des satisfactions et des espérances, non pour des désirs d'ambition ou de faveur qu'elle n'avait point, mais pour une sécurité publique et personnelle à laquelle elle tenait beaucoup. Ses relations avec la reine Marie-Amélie étaient aussi désintéressées qu'intimes ; par amitié comme par bon sens, elle embrassa sans hésiter la cause de la monarchie nouvelle. Dès le premier moment, elle eut l'occasion de lui rendre un signalé service. La prompte adhésion du corps diplomatique importait beaucoup au régime naissant, et dans le corps diplomatique l'ambassadeur de Russie, le comte Pozzo di Borgo, était l'un des plus considérables. Mme de Boigne, était fort liée avec lui, et il avait en elle grande confiance ; elle aperçut en lui un peu d'humeur, et avec une finesse de femme et d'amie elle en démêla la cause.

Pozzo di Borgo craignait que le général Sébastiani, son ennemi de race et de parti en Corse, ne fût ministre des affaires étrangères. Mme de Boigne en avertit la reine, et, ayant la formation, du cabinet du 11 août 1830 elle put dire à Pozzo di Borgo que le général Sébastiani serait ministre de la marine, l'amour-propre du Corse fut rassuré, et l'ambassadeur de Russie prêta de bonne grâce au régime nouveau son habile appui. Trois mois plus tard, le général Sébastiani devint ministre des affaires étrangères ; mais la crise était passée et le gouvernement du roi Louis-Philippe établi : le comte Pozzo di Borgo se résigna alors à un déplaisir qui ne pouvait plus avoir pour le régime de 1830 aucun grave résultat.

Tant que dura ce régime, de 1830 à 1848, Mme de Boigne fut fidèle à ses liens d'amitié et à ses habitudes d'esprit politique. Elle assistait avec plus d'inquiétude que de goût au spectacle de nos luttes parlementaires, ne prenant fait et cause, ni tout haut, ni même dans son âme, pour aucun des partis et des acteurs, toujours favorable aux intérêts de l'ordre, du pouvoir, de la politique conservatrice, mais jugeant ses défenseurs aussi sévèrement que ses adversaires, et préoccupée surtout de la crainte que les uns ne réussissent pas et que la victoire des autres ne devint une périlleuse nécessité à subir. Au fond, elle doutait du succès du gouvernement libre, tout en comprenant et en admettant qu'on ne pouvait s'en passer. Elle était confirmée dans ses dispositions personnelles par son ancienne et profonde intimité avec M. le chancelier Pasquier, le représentant le plus éclairé comme le plus éprouvé de la politique prudente, et spectateur, je dirais volontiers censeur éminemment judicieux des situations et des hommes engagés dans l'arène parlementaire, où, comme président de la chambre des pairs, il n'était plus intéressé ni compromis à titre d'acteur. Il soutenait aussi loyalement que sensément, et très honorablement pour lui-même, le gouvernement du roi Louis-Philippe, sans prédilection intérieure ni ferme confiance. Je ne lui étais pas non plus particulièrement agréable ; il m'était arrivé, sous la restauration et dans quelques-uns de mes écrits, de parler de M. Pasquier, de son rôle et de son influence dans la politique du temps, toujours avec convenance, je crois, mais avec dissidence et liberté. Il était trop honnête homme pour que ce souvenir influât sérieusement sur ses relations avec moi depuis que je portais le poids de ce gouvernement qu'il secondait sans en répondre ; mais il en résultait entre lui et moi une nuance de froideur, même dans l'approbation et l'appui. Mme de Boigne conservait envers moi la même impression, plus vive peut-être que M. Pasquier lui-même. Elle me témoignait plus d'estime que de faveur, et les difficultés ou les périls de ma situation politique l'inquiétaient plus qu'ils ne l'affligeaient ; mais son penchant personnel n'altérait point l'équité et la clairvoyance de son jugement. Nous causions un jour avec un peu plus d'abandon que de coutume ; je lui parlais des obstacles graves et des embarras factices que je rencontrais ou que je prévoyais. « Au fond, me dit-elle avec une brusquerie presque bienveillante, vous avez surtout un malheur et un tort : vous durez trop. Je vous souhaite de n'en avoir jamais d'autres ; mais vous avez celui-là, et il s'aggrave tous les jours. »

La révolution de février 1848 fut pour elle un vif chagrin et une alarme immense. L'alarme devint promptement sa préoccupation dominante. Les amis sérieux de la liberté et du progrès social ne savent pas assez quel mal font à leur cause et quels obstacles, quels retards lui suscitent les emportements révolutionnaires. L'ordre, la sécurité des personnes, des familles, des honnêtes intérêts privés, sont, dans tous les temps et sous toutes les formes de gouvernement, une première et essentielle condition de la société : quand cette condition manque, quand les esprits sensés craignent qu'elle ne manque, la société est dévoyée, et son gouvernement, quel qu'il soit, quelle que soit sa force apparente, est lui-même en désordre et en péril. La révolution de 1848 n'a pas eu tous les résultats qu'elle pouvait entraîner, ni fait tous les maux qu'elle pouvait faire ; mais elle les a tous fait entrevoir et redouter, et malgré la prompte réaction qui l'a arrêtée, elle a laissé dans les esprits sains une épouvante et dans les esprits téméraires une fermentation qui sont et seront longtemps, je le crains, un grave obstacle au progrès réel des libertés publiques et à l'activité féconde de la vie sociale. La peur aussi peut devenir une passion, et elle n'est pas la moins puissante. Comme un très grand nombre d'honnêtes gens et de gens d'esprit, Mme de Boigne en fut vivement atteinte en 1848, et elle accueillit avec empressement tout ce qui pouvait la rassurer, n'importe à quel prix. Quand elle fut en effet un peu rassurée, quand elle eut retrouvé les habitudes de sa vie, quand la société de Paris et son salon dans la société de Paris furent redevenus à peu près ce qu'ils étaient auparavant, il fut aisé de voir qu'elle n'en jouissait qu'avec une timidité agitée et comme toujours à la veille de les perdre. Sa situation était douce ; elle avait des amis fidèles, des visiteurs spirituels qui se plaisaient à se rencontrer chez elle ; elle s'était arrangé à Trouville, au bord de la mer, une jolie petite maison, une vraie corbeille de fleurs en face de l'Océan, et un peu plus loin, sur le flanc de la falaise, elle avait une autre petite maison où un jardinier habile cultivait pour elle les fleurs dont sa maison de la plage était parée et les fruits excellents et précoces dont sa table était couverte pour ses amis. Elle les recevait là en été et dans sa maison de Paris en hiver avec une bonne grâce point banale et une élégance d'esprit et de mœurs à la fois naturelle et traditionnelle, qui donnait à sa conversation un attrait original, bien qu'un peu froid ; mais une inquiétude permanente troublait évidemment sa pensée et l'agrément de sa vie : on raconte que Louis XV, dans son égoïsme royal et en prévoyant des révolutions, prochaines, disait souvent : « Ceci durera bien autant que moi ; » Mme de Boigne avait toujours l'air de dire avec un doute triste : « Pourvu que ceci dure autant que moi ! »

Elle a eu cette modeste satisfaction ; ses dernières années n'ont pas été troublées par des révolutions nouvelles ; elle y a joui du repos, de la fortune, de la considération, de la société d'hommes distingués souvent réunis autour d'elle à la ville et à la campagne ; toute la surface de la vie était pour elle calme, douce, commode, agréable. Au fond pourtant et sans le témoigner ouvertement, elle était triste, non-seulement parce que la sécurité de l'avenir manquait à sa pensée, mais parce que sa vie présente, et même sa vie passée, telle que le sort la lui avait faite ou qu'elle se l'était faite elle-même, lui apparaissait froide et dénuée. Quoiqu'elle les eût supportées avec la morne résignation du bon sens en présence de l'irréparable, les tristesses du cœur ne lui avaient pas manqué ; elle avait vu mourir dans sa société, dans sa famille, dans sa maison, des personnes qui lui étaient très chères ; arrivée à la vieillesse, elle fut séparée d'abord par la maladie, puis enfin par la mort, de son plus ancien et plus intime ami, M. le duc Pasquier ; quand elle le perdit en 1862, lui à quatre-vingt-quinze ans, elle à quatre-vingt-deux, ils ne s'étaient pas vus depuis un assez long temps, leurs infirmités ne leur permettant plus ni à l'un ni à l'autre de se déplacer. En 1866, la mort de la reine Marie-Amélie affligea profondément Mme de Boigne ; dans l'isolement et le refroidissement de la vieillesse, les amitiés de la jeunesse conservent et même acquièrent beaucoup de prix, surtout lorsqu'elles ont persisté à travers les vicissitudes et les épreuves de longues vies : de seize ans à quatre-vingts, à Naples, à Paris ou à Londres, du haut du trône ou du sein de l'exil, la reine Marie-Amélie et Mme de Boigne n'avaient pas cessé de se porter et de se témoigner affection et confiance. Quand elle apprit la mort de la reine : « C'est l'adieu de ma plus noble amie, dit Mme de Boigne, et le coup de cloche de mon départ. » Elle vécut encore près de deux mois, tantôt tout à fait malade, tantôt à peine et un moment convalescente ; depuis quelque temps déjà elle ne sortait plus de son lit, recevant ses amis dans sa chambre et prenant encore à leur conversation un languissant plaisir. Je ne sais pas quel était alors, à l'approche de l'éternel avenir, l'état intime de son âme ; je ne me fie pas en un pareil moment aux assertions ou aux dénégations des spectateurs intéressés ou indifférents ; Dieu et le mourant sont seuls en présence, et nul n'assiste à leur rencontre. Quelles que fussent ses croyances, Mme de Boigne était animée en religion de sentiments sérieux et modestes ; elle demanda et reçut avec recueillement les secours de son église ; et le 10 mai 1866 elle s'éteignit sans douleur du corps et sans trouble de l'âme.

De son vivant, elle n'a rien publié : elle n'avait pas cette impulsion passionnée, cette ardeur surabondante qui pousse une femme d'un esprit et d'un cœur très actifs à se répandre au dehors, à chercher la publicité et la renommée. Elle n'avait pas besoin de ce travail pour mener une vie commode, animée, brillante. Elle n'avait nul goût à en courir les risques. Elle aimait par-dessus tout sa sécurité, le succès sans effort et sans bruit. Elle écrivait pourtant ; elle prenait plaisir à mettre en relief ses observations, ses impressions, ses souvenirs, et à penser qu'il en resterait quelque trace. Elle a laissé des mémoires personnels et deux romans. Je ne sais à quelle époque elle s'est donné ce qu'elle appelle elle-même « *cet amusement,* » et je ne connais rien de ses mémoires ; mais à la fin de sa vie elle a fait commencer elle-même l'impression de ses romans, elle a voulu qu'ils fussent publiés après sa mort, et elle a consigné dans son testament cette volonté en en confiant l'exécution à une amie qui avait donné à sa vieillesse les marques les plus assidues de la plus aimable affection, à Mme Lenormant, nièce de Mme Récamier, avec qui Mme de Boigne avait été intimement liée, « et qui l'attirait et la charmait, disait-elle, comme tant d'autres, par sa bonté autant que par sa beauté. » Je doute que Mme de Boigne eût été satisfaite de la publicité qu'elle avait voulue ; ses deux romans n'ont pas frappé le public, pas autant, selon moi, qu'ils le méritent comme portraits de la société qu'ils retracent et de la personne qui les a écrits.

Le plus court de ces deux romans, *la Maréchale d'Aubemer,* est une *nouvelle du dix-huitième siècle.* Le plus étendu, *une Passion dans le grand monde,* se passe de nos jours, de 1813 à 1820. Mme de Boigne n'a pas seulement voulu peindre des époques et des mœurs auxquelles elle avait assisté et appartenu ; elle a pris soin de bien déterminer elle-même le but qu'elle s'était proposé. Je lis, dans un très court *avant-propos* placé en tête d'*une Passion dans le grand monde* : « Je n'ai rien à exiger du lecteur de ces pages ;

elles ne me donnent, je le reconnais, aucun droit à sa bienveillance, n'ayant pas été tracées pour son amusement, mais uniquement pour le mien. Si néanmoins il s'en trouvait un que l'oisiveté engageât à les parcourir, je lui demanderais bien humblement, et dans son intérêt personnel, d'accorder une attention toute spéciale aux dates de lieu et de quantième. Cette petite sujétion l'avertira de placer en leur temps les événements historiques auxquels les lettres font allusion. Qu'il ne s'alarme pas toutefois malgré l'expression dont je me sers en cet instant, je n'ai pas eu l'ambition d'écrire *un roman historique*, mais seulement *une histoire de salon*, il m'a fallu montrer l'influence exercée par la politique sur la société et jusque dans les familles ; je l'ai considérée comme peinture de mœurs pour les temps dont je parle ; en cherchant à conserver aux différentes nuances du parti royaliste leurs physionomies particulières, telles que je les ai connues, je n'ai point essayé de peindre les autres partis, dont les habitudes intérieures m'auraient été étrangères. Quoique la plupart des scènes de cet ouvrage soient des réminiscences, aucune n'a de prétention à la vérité historique. »

Mme de Boigne a dit vrai : c'est la politique et l'influence de la politique sur la société et jusque dans les familles qui est le trait saillant d'*une Passion dans le grand monde*, de 1813 à 1820. Plus que bon gentilhomme, presque grand seigneur de l'ancien régime, Romuald de Bauréal, jeune encore et déjà colonel, sert avec ardeur et éclat dans les armées de l'empire ; après s'être brillamment conduit à la bataille de Lutzen, il revient un moment à Paris. « Je craignais, écrit-il à son ami Henri de Bliane, de trouver dans les salons de nos familles une grande joie des revers de la fatale campagne de Russie ; elle a développé au contraire une expression de tristesse et de sympathie si sincère qu'on est tout prêt à s'y réjouir de nos succès de Lutzen ; on me les fait raconter, on les écoute avec intérêt. Je suis heureux de retrouver ce sentiment de la patrie parmi ceux auxquels j'appartiens par tant de liens indissolubles. J'espère les divisions de parti prêtes à s'effacer pour se fondre dans le seul intérêt de la gloire du pays ; puisque déjà les jeunes gens veulent le servir, il faudra bien que les parents se résignent à l'aimer. Il n'est pas jusqu'à ta tante, la duchesse de Gerves, qui ne se soit un peu adoucie pour nous ; à mon dernier voyage à Paris, elle m'avait tourné le dos sans vouloir même apercevoir ma révérence, il y a un grand progrès cette fois-ci : elle a daigné me complimenter sur mon nouveau grade, car je suis nommé général ; tu t'en réjouiras ! autant que moi. J'avais fait annoncer à l'impératrice le colonel de Bauréal arrivant de l'armée ; elle m'a reçu, a lu ses lettres et m'a qualifié de général. Je n'avais nulle envie de renouveler la plaisanterie d'où date ma fortune militaire ; mais je souriais intérieurement de l'occasion qui s'en représentait, lorsque avant de me congédier elle m'a complimenté sur le nouveau grade obtenu par ce qu'elle a bien voulu appeler ma belle conduite à Lutzen. Je lui ai dit l'apprendre de sa bouche. Elle m'a lu alors une phrase de la lettre de l'empereur, trop flatteuse pour que j'ose la répéter, même à toi ; mais elle est gravée dans mon cœur, et je la mériterai par la suite, si je ne la mérite pas encore. Je ne ferai pas du stoïcisme avec toi, mon cher Henri ; ce succès me comble de joie. J'aime mon métier avec passion ; je pourrai m'y livrer sur une plus grande échelle, et puis nous autres, amants de la gloire, nous nous complaisons, il le faut bien avouer, dans tous les hochets qu'elle a inventés pour nous séduire. En sortant du ministère, où l'on m'a confirmé la nouvelle donnée par l'impératrice, j'ai été acheter mes épaulettes, et je regarde complaisamment leurs étoiles en attendant l'habit brodé, déjà commandé. »

C'est dans cette situation ainsi marquée dès le début, dans les contrastes et les conflits qu'elle soulève entre le jeune gentilhomme, devenu l'un des héros de l'empire, et sa famille, sa société, imperturbables dans leurs sentiments, leurs préjugés, leurs antipathies et leurs propos d'ancien régime, que résident le mérite et l'intérêt de l'ouvrage. Comme œuvre romanesque, l'originalité, la verve, le mouvement clair et animé, l'invention et la passion y manquent ; la scène est chargée d'une foule de personnages et d'incidents qui s'embarrassent, s'obscurcissent et se refroidissent les uns les autres ; le héros lui-même, quand c'est non plus le guerrier, mais l'amoureux qui paraît, devient un peu puérilement sentimental, irrésolu, sans ardeur et sans harmonie morale. Le roman est compliqué et froid ; la physionomie historique du temps et dans l'histoire la disposition politique des âmes y apparaissent seules sous de vraies et vives couleurs.

D'habiles critiques ont fait ressortir d'une façon piquante les défauts et les insuffisances du roman. Je les reconnais comme eux ; mais je suis très touché de l'indépendance et de la fermeté d'esprit avec lesquelles Mme de Boigne a peint les fautes, je ne veux pas dire du parti, mais de la société à laquelle, elle était naturellement et elle est toujours restée attachée. Il y a des temps où il faut du courage pour dire la vérité à ses adversaires ; il y en a d'autres où il est surtout pénible de la dire à ses amis. De 1814 à 1848, l'attitude, les actes, le langage d'un grand nombre de personnes et de familles, héritières naturelles de l'ancien régime français, ont beaucoup nui, d'abord à leur propre cause, ensuite à la cause générale de la monarchie et du gouvernement libre. Ce sont là les erreurs, c'est là le mal que Mme de Boigne, dans son roman de Romuald de Bauréal, a mis en lumière. On a supposé que son attachement à la reine Marie-Amélie et à la monarchie de 1830 lui avait attiré, de la part de ce qu'on appelle le faubourg Saint-Germain, des déplaisirs qui lui avaient donné de l'humeur. Je n'ai guère aperçu, ni dans son salon la cause, ni dans son langage la trace d'une telle disposition ; j'ai vu venir souvent chez elle les personnes les plus distinguées et les plus prononcées de la société dont elle aurait eu, dit-on, à se plaindre. Je ne sais si elles en avaient voulu à Mme de Boigne de son attitude et de ses amitiés politiques ; mais il n'y paraissait pas, et elles se plaisaient à prendre leur place dans les entretiens et leur part dans les agréments de son petit salon. Quant à Mme de Boigne elle-même, je l'ai toujours entendue s'exprimer sur l'ancien régime, sur ses idées, ses sentiments, ses souvenirs, avec respect et sympathie ; mais, quand il serait vrai qu'elle aurait été quelquefois blessée de certains procédés et de certaines paroles de salon, l'humeur qu'elle en aurait ressentie n'ôterait rien à la vérité de ses jugements et de ses tableaux du temps qu'elle décrit. C'est de leur valeur historique que je parle, non de la disposition intime de l'auteur. Sans nul doute les opinions et les impressions politiques de Mme de Boigne sont empreintes dans son roman comme elles l'ont été dans sa vie : c'est précisément son mérite d'avoir vu clair dans son temps et dans son monde et d'avoir parlé comme elle pensait.

Comme moraliste, elle avait en elle-même et elle a mis dans son roman contemporain un autre mérite, celui de comprendre et d'apprécier avec équité des idées, des dispositions, des conduites, très diverses, souvent même contraires. Notre temps est plein de fluctuations, de perplexités et d'incohérences ; tous les systèmes, tous les instincts, tous les désirs, tous les partis, s'y sont déployés les uns en face des autres et les uns contre les autres ; nous avons assisté aux emportements de la licence et aux excès du pouvoir absolu, non seulement en fait, mais en principe, et dans les esprits comme dans les événements. Nous avons connu toutes les gloires et toutes les tristesses de la guerre, tous les bienfaits et toutes les langueurs de la paix. Nous avons eu à considérer ainsi les choses sous leurs aspects les plus différents, et ces différences se sont empreintes dans l'état intérieur des âmes comme dans les destinées du pays : des esprits très distingués et très sincères ont soutenu les théories de l'absolutisme, tandis que d'autres professaient celles de la liberté démocratique ; des cœurs très généreux se sont adonnés à la passion de la grandeur nationale par la guerre, tandis que d'autres invoquaient la paix par l'accord mutuel des nations et la justice cosmopolite. La nature humaine est merveilleusement riche et flexible ; elle se prête aux ambitions, aux activités les plus dissemblables, et il suffit souvent d'une bien petite dose de vérité ou, de vertu pour satisfaire des esprits rares ou des consciences honnêtes et pour leur faire oublier tout ce qui leur manque. C'est une grande preuve de pénétration et de bon sens que de bien comprendre un tel état de la société et des âmes, et, au milieu de ce chaos, de rendre à chacun, parti ou individu, ce qui lui revient légitimement en fait d'estime et de sympathie. Mme de Boigne avait acquis, dans son observation du monde et de la vie politique, cette intelligence impartiale, et elle l'a portée dans son roman comme elle la pratiquait dans son salon.

La Maréchale d'Aubemer n'est point un roman contemporain ; l'auteur a eu raison de l'appeler *nouvelle du dix-huitième siècle* ; c'est bien en effet au XVIIIe, siècle qu'elle appartient. Mme de Boigne n'était pas précisément de ce temps-là ; née en 1780, c'est dans l'époque révolutionnaire et ses diverses phases que s'est passée sa vie, et qu'elle a pu penser et écrire d'après ses observations et ses impressions propres ; elle n'a connu le XVIIIe siècle que par conversation et tradition, traditions récentes, conversations vivantes, mais qui n'avaient pour elle rien d'immédiat et de personnel. Aussi n'y a-t-il dans *la Maréchale d'Aubemer* rien d'historique ni de politique ; c'est un roman de mœurs qui peint la société mondaine et domestique du XVIIIe siècle, sans aucun lien avec les événements et les passions publiques du temps. Comme peinture de mœurs et dans cette sphère plus limitée, *la Maréchale d'Aubemer* est une œuvre plus harmonieuse et plus intéressante qu'*une Passion dans le grand monde* ; les personnages sont peu nombreux, les incidents naturels et pris dans le cours ordinaire de la vie. C'est la légèreté, la frivolité, l'absence de principes, les intrigues de salon et de boudoir, la *rouerie* masculine et féminine de la société élégante du XVIIIe siècle, mises en contact et en contraste avec les principes sains, les sentiments sérieux, les mœurs simples, les habitudes vertueuses d'une charmante jeune femme, élevée loin de Paris par une mère honnête et pieuse, et qui, venue à Paris avec un mari médiocre et sot, s'y amuse sans perdre ses modestes vertus, exerce peu à peu autour d'elle sans la chercher, sans presque y penser, une influence qui surmonte les vices de ceux qui l'approchent, les périls de sa propre situation, et après la mort accidentelle de son mari finit par un second mariage dont un amour mutuel et éprouvé fera certainement sortir un heureux et exemplaire ménage. Gudule de Saveuse et sa tante, la maréchale d'Aubemer, grande dame blasée et ennuyée, qui reçoit sa nièce à Paris d'abord par pure convenance, pour l'introduire dans le monde, et qui bientôt la prend, non sans surprise, dans une amitié presque respectueuse, sans que la dignité de l'âge et du rang en souffre, ce sont là les deux figures autour desquelles tourne ce petit roman. Elles sont très diverses au début : accoutumée au défaut de principes, à l'empire des passions et des fantaisies, aux mœurs si peu morales de son temps, la maréchale d'Aubemer les voit sans en être choquée, presque sans les remarquer et comme la condition naturelle de la société élégante. Elle y porte pourtant plus de laisser-aller que de goût ; elle a un esprit juste, des instincts droits et délicats qui lui font sentir que ce n'est pas là le bon état de la nature humaine, de la vie humaine, de la société humaine. La vertu sereine, harmonieuse, doucement ferme et confiante de sa jeune nièce la frappe, lui plaît, lui ouvre, pour ainsi dire, un horizon plus pur et plus sûr dans lequel elle entre avec satisfaction, et ces deux personnes parties de points si éloignés finissent par se comprendre et s'unir intimement pour leur bonheur et leur honneur moral mutuels.

Pour ceux qui ont connu Mme de Boigne, il est impossible de ne pas voir qu'elle s'est placée elle-même dans l'un et l'autre de ses romans, sans doute avec le ferme dessein d'y être reconnue, car indépendamment des ressemblances d'esprit et de caractère entre la personne réelle et les personnes romanesques la similitude des situations y est affichée. Dès les premières pages d'*une Passion dans le grand monde*, on rencontre une tante du héros, Romuald de Bauréal. On est un peu tenté de s'étonner de son nom, elle s'appelle Mme *Romignère*, mais l'explication ne se fait pas attendre, l'un des amis de Romuald écrit à un autre : « Mme Romignère était chanoinesse de Remiremont ; elle s'appelait la comtesse Gertrude de Bauréal et avait pour son nom une passion qui n'est plus de ce siècle. Son seul chagrin était que la fortune de sa maison ne fût plus à la hauteur de son illustration ; les deux derniers ducs de Bauréal ayant dilapidé leur patrimoine, le moment pouvait arriver où il serait peut-être indispensable de vendre l'antique château de Bauréal, et la comtesse Gertrude n'y pensait pas sans frémir. Elle était parfaitement belle, très spirituelle, fort aimable, et avait inspiré de grandes passions ; elle passait même pour avoir partagé celle d'un homme très agréable, mais dont le nom ne lui avait pas paru digne de s'allier au sien. Ce chagrin de cœur, ou, si vous voulez, de vanité, l'avait décidée à prendre la prébende de Remiremont. M. Romignère, financier immensément riche, homme de capacité et d'un esprit assez délicat pour apprécier les agréments de la comtesse Gertrude, vivait dans sa société intime, et l'adorait fort à distance depuis nombre d'années. Je ne sais quelles conventions se firent entre eux ; mais au grand étonnement du monde et de sa famille la comtesse Gertrude, alors âgée de trente-cinq ans, annonça avec sa hauteur accoutumée qu'elle épousait M. Romignère, qui avait près de soixante ans et était très valétudinaire. Il avait offert de prendre le nom d'une terre titrée dont il était propriétaire mais elle avait refusé avec dédain. En revanche le contrat de mariage révéla qu'il lui assurait tout son bien. Mme Romignère a toujours comblé son mari d'égards et lui a témoigné grande affection ; elle a continué à recevoir la société la plus élevée, et l'a forcée à entourer M. Romignère de respect par la déférence qu'elle lui montrait. Il fut arrêté pendant la terreur, il dut la vie et la conservation de sa fortune au courage et à l'intelligence déployés par sa femme ; mais sa santé, déjà si frêle, fut tout à fait perdue ; il traîna encore quelques années, et la laissa veuve et très affligée de sa perte. Des parents éloignés de M. Romignère voulurent réclamer sa succession, ils intentèrent un procès ; lorsqu'on annonça à Mme Romignère qu'elle l'avait gagné, elle se borna à dire : « Il aurait été par trop dur de s'appeler Romignère pendant quarante ans pour ne rien laisser à la maison de Bauréal. »

D'après le titre de *la Maréchale d'Aubemer*, le lecteur ne s'attend pas à retrouver là Mme Romignère : ce n'est pas la même aventure, ni par la même cause ; mais la situation est analogue, et si elle n'aboutit à la même fin, elle révèle la même personne. « Le baron d'Élancourt, veuf et retiré du service, habitait une terre éloignée de la capitale. Il crut faire un acte de sagesse en nommant un homme d'affaires, dont l'intégrité ne lui était pas douteuse, tuteur de ses deux filles. En chargeant M. Duparc de gouverner leur fortune et de disposer de leur sort, il avait stipulé qu'elles demeureraient au couvent jusqu'au jour de leur mariage ; l'aînée atteignait sa dix-neuvième année lorsque M. Duparc lui présenta M. Dermonville comme aspirant à sa main. L'ennui du couvent ne lui permit pas d'hésiter ; elle épousa M. Dermonville, au grand mécontentement de sa famille, qui n'avait pas été consultée. Le public en général blâma ce mariage ; on trouvait que Mlle d'Élancourt, fille de qualité, alliée aux premières maisons de France, possédant 30 000 livres de rente et une beauté fort remarquable, ne devait pas épouser un homme de quarante-cinq ans, dont la seule distinction se bornait à une très grande fortune : on aurait pu ajouter beaucoup de bon sens et un heureux caractère ; mais ce sont de ces avantages dont on tient peu état dans le monde, et le bruit courut que M. Duparc avait vendu la jeune et charmante Émilie d'Élancourt à beaux deniers comptants. M. Dermonville entoura sa femme d'un grand luxe, établit sa maison sur un pied très élégant, et elle devint l'arbitre de la mode, sorte d'importance qui absorbe au début de la vie et ne laisse pas aux regrets le temps de se former. Émilie paraissait donc très satisfaite dans les liens d'une union disproportionnée pour l'âge et la naissance. »

Que Mme Dermonville, si elle avait été une personne réelle, eût été ou non satisfaite de son lot dans la vie, Mme de Boigne ne l'était pas pour elle. Dans le roman, M. Dermonville meurt, laissant sa femme maîtresse de son sort et d'une immense fortune qu'il lui lègue tout entière. Pour le coup, ce n'est pas à un bourgeois et à un financier que Mme de Boigne remarie son héroïne ; elle se donne la satisfaction de faire enfin, sur la tête de Mme Dermonville veuve, un grand mariage. « Aussitôt que les convenances le permirent, elle épousa le duc d'Aubemer. Cette union, fondée sur l'affection, la confiance et l'estime réciproques, aurait été parfaitement heureuse, si la privation d'enfants n'y avait apporté quelque regret ; elle durait depuis dix ans lorsqu'une fluxion de poitrine, gagnée en commandant une manœuvre, emporta le duc, devenu maréchal d'Aubemer. Longtemps la maréchale fut abîmée dans ses regrets ; le temps ayant émoussé sa douleur, elle reprit dans la société du grand monde la place brillante qu'elle y occupait avec un si profond ennui. »

Je laisse là la similitude extérieure des destinées ; je regarde plus avant, et dans les deux personnes dont Mme de Boigne a fait les personnages originaux de ses deux romans, je retrouve les traits caractéristiques de ce qu'elle était elle-même par sa nature ou par sa volonté et de ce qu'elle avait envie d'être. Dans Gertrude de Bauréal, devenue Mme Romignère, elle s'est complu à peindre Adèle d'Osmond épousant sans hésiter, pour refaire la fortune de sa famille, un vieux soldat, naguère bourgeois, devenu riche dans l'Inde et comte à Turin ; ce fut elle-même, dit-on, qui désira ce titre pour lui et pour elle. « Quand on m'annonçait quelque part, disait-elle, c'était si court, *madame de Boigne*. » Et dans cette situation si froidement choisie, au milieu des préjugés et des passions de l'ancienne société française qui était la sienne, Mme Romignère, de 1813 à 1820, déploie, pour les idées, les sentiments, les œuvres de la société nouvelle où elle est entrée, la même liberté, la même équité d'esprit, le même bon sens philosophique et la même sagesse pratique dont Mme de Boigne avait fait et faisait preuve depuis 1804 dans une situation semblable. Dans *la Maréchale d'Aubemer*, c'est à une autre époque, au milieu de l'ancien régime seul, et de l'ancien régime aristocratique, que Mme de Boigne place sa principale figure ; mais là aussi c'est elle-même qui apparaît sous un autre aspect. Elle était bien en effet du temps et de la société qu'elle met en scène ; elle en avait toutes les élégances, tous les dédains, toutes les complaisances pour ses propres désirs et ses propres fantaisies, tout le laisser-aller moral au sein de toutes les facilités et de tous les agréments de la vie. En même temps elle sentait l'insuffisance et le vide de cet état de ses entours et d'elle-même ; il y avait du doute et de l'ennui dans son âme ; elle était plus sérieuse et plus sensée que le monde où elle plaçait la personne dont elle faisait son image. Et pourtant, si la maréchale d'Aubemer sort de ce monde superficiel, factice et brillant, elle le regrettera : grâce à son bon sens, à sa liberté et à sa fermeté d'esprit, elle s'adaptera très convenablement au monde nouveau, plus naturel et plus fort, où la jetteront les événements. Elle en tirera habilement parti pour la sûreté et l'agrément de sa vie ; mais elle ne s'y assimilera point, elle n'adoptera pas effectivement les idées, les sentiments, les instincts, les goûts, les espérances et les confiances de la société nouvelle qui se développe et s'étend partout autour d'elle. Dans le secret de son âme elle restera de cet ancien régime dont elle a compris la fragilité, dont elle n'espère pas le retour, mais avec lequel elle a vu disparaître les avantages et les plaisirs des belles situations natives et toutes faites, et dont la chute a voué toutes les personnes à la nécessité du mérite comme toutes les classes à celle du travail.

Dans les temps de révolution sociale, c'est un spectacle curieux et instructif, quand on y regarde de près, que celui du retentissement et des effets correspondants que produisent dans une seule âme et une seule vie les mouvements et les transformations de la société elle-même. C'est là qu'on voit à quel point l'homme est une cire flexible et molle qui se prête à tous les états divers, à tous les coups du monde extérieur, et en reçoit toutes les empreintes. C'est ce qu'on appelle aujourd'hui l'empire des milieux. J'ai reconnu et suivi pas à pas cet empire dans la vie et le caractère, de Mme de Boigne. Pourtant, sous cette surface ondoyante, comme dit Montaigne, j'ai reconnu aussi en elle quelque chose de permanent, d'identique et de fixe, qui a résisté et survécu à toutes les influences du dehors et à toutes les vicissitudes de la destinée. C'est que la personne humaine ne se transplante et ne se transforme jamais tout entière ; c'est qu'elle est un être réel, intelligent et libre, qui tient de sa nature individuelle, de son origine, de sa propre pensée et de sa propre volonté une grande part de ce qu'il devient à travers les événements qu'il subit, et qui le modifient sans jamais disposer tout à fait de lui ni le changer complètement, et sans l'affranchir, de la responsabilité qui s'attache à l'intelligence et à la liberté.

GUIZOT.
Val-Richer, septembre 1867.